〔南朝〕劉勰 著

文心雕龍

廣陵書社
中國·揚州

圖書在版編目（CIP）數據

文心雕龍 / （南朝）劉勰著. -- 揚州 : 廣陵書社,
2019.1（2021.1重印）
（經典國學讀本）
ISBN 978-7-5554-1174-1

Ⅰ. ①文… Ⅱ. ①劉… Ⅲ. ①文學理論－中國－南朝
時代 Ⅳ. ①I206.2

中國版本圖書館CIP數據核字(2018)第287891號

書　　名　文心雕龍
著　　者　〔南朝〕劉勰
責任編輯　嚴　嵐
出 版 人　曾學文
裝幀設計　鴻儒文軒

出版發行　廣陵書社
揚州市維揚路 349 號　郵編：225009
（0514）85228081（總編辦）　85228088（發行部）
http://www.yzglpub.com　E-mail:yzglss@163.com

印　　刷　三河市華東印刷有限公司

開　　本　880 毫米 ×1230 毫米　1/32
印　　張　6
字　　數　62 千字
版　　次　2019 年 1 月第 1 版
印　　次　2021 年 1 月第 2 次印刷
書　　號　ISBN 978-7-5554-1174-1
定　　價　35.00 圓

編輯説明

自上世紀九十年代始，我社陸續編輯出版一套綫裝本中華傳統文化普及讀物，名爲《文華叢書》。編者孜孜矻矻，兀兀窮年，歷經二十載，聚爲上百種，集腋成裘，蔚爲可觀。叢書以内容經典、形式古雅、編校精審，深受讀者歡迎，不少品種已不斷重印，常銷常新。

國學經典，百讀不厭，其中藴含的生活情趣、生命哲理、人生智慧，以及家國情懷、歷史經驗、宇宙真諦，令人回味無窮，啓迪至深。爲了方便讀者閲讀國學原典，更廣泛地普及傳統文化，特于《文華叢書》基礎上，重加編輯，推出《經典國學讀本》叢書。

本叢書甄選國學之基本典籍，萃精華于一編。以内容言，所選均爲家喻户曉的經典名著，涵蓋經史子集，包羅詩詞文賦、小品蒙書，琳琅滿目；以篇幅言，每種規模不大，或數種彙于一書，便于誦讀；以形式言，採用傳統版式，字大文簡，讀來令人賞心悦目；以編輯言，力求精擇良善版本，細加校勘，注重精讀原文，偶作簡明小注，或酌配古典版畫，體現編輯的匠心。

當下國學典籍的出版方興未艾，品質參差不齊。希望這套我社經年打造的品牌叢書，能爲讀者朋友閲讀經典提供真正的精善讀本。

廣陵書社編輯部

二〇一七年十二月

出版説明

劉勰（約四六五—約五三二），字彦和，南朝齊梁時人，世居京口。少時家貧，曾依隨僧侣生活，精通佛典。梁初受太子蕭統賞識，任通事舍人。後出家，法名慧地。劉勰受儒家思想和佛教影響都很深，但在《文心雕龍》中，是以儒家思想爲主導的，兼有佛教詞語。

《文心雕龍》寫成于齊代，『文心』意即『寫作文章的用心』，『雕龍』則指如同雕刻龍紋一樣精細的研討，合起來即是『寫作文章的精義』。書的本意是寫作指南，所以廣泛涉及到了各種問題，結構嚴謹，論述周詳，旁徵博引，系統完整。

全書五十篇，可分爲五個部分。《原道》到《辨騷》五篇爲第一部分，是全書的總綱。這裏作者對『文學』這一事物的本質進行了理論説明，賦予了文學崇高的意義，也説明了自己的美學思想，就是建立一種雅正而又富于美感的文學準則。《明詩》到《書記》二十篇爲第二部分，分數各種文體的源流、特點和寫作應遵循的基本準則。《神思》到《總術》爲第三部分，通論文章寫作中的各種問題，包括構思、風格、修辭、新變等方方面面，包羅宏富。《時序》到《程器》五篇爲第四部分，這裏脱離了具體的寫作，而是從更廣泛的範圍來討論有關文學文體的問題，如文學發展的盛衰、文學鑒賞的標準、文學與自然景物的關係等等。最後《序志》一篇爲第五部分，説明寫作緣起和宗旨。總之，《文心雕龍》是中國古代文學理論的一次創造性的總結，意義十分重大。

《文心雕龍》一書問世以來即受到廣泛歡迎，校訂翻印，版本衆多。我社現以黄叔琳校本爲底本進行標點整理，希望帶給讀者知識與心靈的雙重享受。

廣陵書社編輯部

二〇一八年十一月

目録

原道第一

文之爲德也大矣，與天地并生者何哉？夫玄黄色雜，方圓體分，日月疊璧，以垂麗天之象；山川煥綺，以鋪理地之形：此蓋道之文也。仰觀吐曜，俯察含章，高卑定位，故兩儀既生矣。惟人參之，性靈所鍾，是謂三才，爲五行之秀，實天地之心。心生而言立，言立而文明，自然之道也。傍及萬品，動植皆文：龍鳳以藻繪呈瑞，虎豹以炳蔚凝姿；雲霞雕色，有踰畫工之妙；草木賁華，無待錦匠之奇。夫豈外飾，蓋自然耳。至於林籟結響，調如竽瑟；泉石激韻，和若球鍠。故形立則章成矣，聲發則文生矣。夫以無識之物，鬱然有彩，有心之器，其無文歟？

人文之元，肇自太極，幽贊神明，《易》象惟先。庖犧畫其始，仲尼翼其終。而乾坤兩位，獨制《文言》。言之文也，天地之心哉！若乃河圖孕乎八卦，洛書韞乎九疇，玉版金鏤之實，丹文綠牒之華，誰其尸之，亦神理而已。自鳥迹代繩，文字始炳，炎皞遺事，紀在《三墳》，而年世渺邈，聲采靡追。唐虞文章，則煥乎始盛。元首載歌，既發吟詠之志；益稷陳謨，亦垂敷奏之風。夏后氏興，業峻鴻績，九序惟歌，勛德彌縟。逮及商周，文勝其質，《雅》、《頌》所被，英華日新。文王患憂，繇辭炳曜，符采複隱，精義堅深。重以公旦多材，振其徽烈，剬詩緝頌，斧藻群言。至夫子繼聖，獨秀前哲，鎔鈞六經，必金聲而玉振；雕琢情性，組織辭令，木鐸起而千里應，席珍流而萬世響，寫天地之輝光，曉生民之耳目矣。

爰自風姓，暨於孔氏，玄聖創典，素王述訓：莫不原道心以敷章，研神理而設教，取象乎河洛，問數乎蓍龜，觀天文以極變，察人文以成化；然後能經緯區宇，彌綸彝憲，發輝事業，彪炳辭義。故知道沿聖以垂文，聖因文而明道，旁通而無滯，日用而不匱。《易》曰：『鼓天下之動者存乎辭。』辭之所以能鼓天下者，乃道之文也。

贊曰：道心惟微，神理設教。光采玄聖，炳耀仁孝。龍圖獻體，龜書呈貌。天文斯觀，民胥以效。

徵聖第二

夫作者曰聖，述者曰明，陶鑄性情，功在上哲，夫子文章，可得而聞，則聖人之情，見乎文辭矣。先王聖化，布在方册；夫子風采，溢於格言。是以遠稱唐世，則煥乎爲盛；近褒周代，則郁哉可從：此政化貴文之徵也。鄭伯入陳，以文辭爲功；宋置折俎，以多文舉禮：此事迹貴文之徵也。褒美子産，則云『言以足志，文以足言』；泛論君子，則云『情欲信，辭欲巧』：此修身貴文之徵也。然則志足而言文，情信而辭巧，乃含章之玉牒，秉文之金科矣。夫鑒周日月，妙極機神；文成規矩，思合符契。或簡言以達旨，或博文以該情，或明理以立體，或隱義以藏用。故《春秋》一字以褒貶，喪服舉輕以包重，此簡言以達旨也。

《邠詩》聯章以積句，《儒行》縟説以繁辭，此博文以該情也。書契斷決以象夬，文章昭晰以象離，此明理以立體也。四象精義以曲隱，五例微辭以婉晦，此隱義以藏用也。故知繁略殊形，隱顯異術，抑引隨時，變通會適，徵之周孔，則文有師矣。

是以子政論文，必徵于聖；稚圭勸學，必宗于經。《易》稱『辨物正言，斷辭則備』，《書》云『辭尚體要，弗惟好异』。故知正言所以立辯，體要所以成辭，辭成無好异之尤，辯立有斷辭之義。雖精義曲隱，無傷其正言；微辭婉晦，不害其體要。體要與微辭偕通，正言共精義并用；聖人之文章，亦可見也。顔闔以爲仲尼飾羽而畫，徒事華辭。雖欲訾聖，弗可得已。然則聖文之雅麗，固銜華而佩實者也。天道難聞，猶或鑽仰；文章可見，胡寧勿思？若徵聖立言，則文其庶矣。

贊曰：妙極生知，睿哲惟宰。精理爲文，秀氣成采。鑒懸日月，辭富山海。百齡影徂，千載心在。

宗經第三

三極彝訓，其書言經。經也者，恒久之至道，不刊之鴻教也。故象天地，效鬼神，參物序，制人紀，洞性靈之奥區，極文章之骨髓者也。皇世《三墳》，帝代《五典》，重以《八索》，申以《九丘》。歲歷綿曖，條流紛糅。自夫子删述，而大寶咸耀。於是《易》張十翼，《書》標七觀，《詩》列四始，《禮》正五經，《春秋》五例，義既極乎性情，辭亦匠於文理，故能開學養正，昭明有融。然而道心惟微，聖謨卓絶，墻宇重峻，而吐納自深。譬萬鈞之洪鍾，無錚錚之細響矣。

夫《易》惟談天，入神致用。故《繫》稱旨遠辭文，言中事隱，韋編三絶，固哲人之驪淵也。《書》實記言，而訓詁茫昧，通乎《爾雅》，則文意曉然。故子夏嘆《書》『昭昭若日月之明，離離如星辰之行』，言昭灼也。《詩》主言志，詁訓同《書》，摛風裁興，藻辭譎喻，温柔在誦，故最附深衷矣。《禮》以立體，據事制範，章條纖曲，執而後顯，采掇生言，莫非寶也。《春秋》辨理，一字見義，五石六鷁，以詳略成文；雉門兩觀，以先後顯旨；其婉章志晦，諒以邃矣。《尚書》則覽文如詭，而尋理即暢；《春秋》則觀辭立曉，而訪義方隱。此聖人之殊致，表裏之异體者也。

至根柢槃深，枝葉峻茂，辭約而旨豐，事近而喻遠，是以往者雖舊，餘味日新，後進追取而非晚，前修文用而未先，可謂太山遍雨，河潤千里者也。

故論説辭序，則《易》統其首；詔策章奏，則《書》發其源；賦頌謌讚，則《詩》立其本；銘誄箴祝，則《禮》總其端；紀傳銘檄，則《春秋》

爲根：并窮高以樹表，極遠以啓疆，所以百家騰躍，終入環内者也。若禀經以製式，酌雅以富言，是仰山而鑄銅，煮海而爲鹽也。故文能宗經，體有六義：一則情深而不詭，二則風清而不雜，三則事信而不誕，四則義直而不回，五則體約而不蕪，六則文麗而不淫。揚子比雕玉以作器，謂五經之含文也。夫文以行立，行以文傳，四教所先，符采相濟，勵德樹聲，莫不師聖。而建言修辭，鮮克宗經。是以楚艷漢侈，流弊不還，正末歸本，不其懿歟！

贊曰：三極彝道，訓深稽古。致化歸一，分教斯五。性靈鎔匠，文章奥府。淵哉鑠乎，群言之祖。

正緯第四

夫神道闡幽，天命微顯，馬龍出而大《易》興，神龜見而《洪範》耀。故《繫辭》稱『河出圖，洛出書，聖人則之』，斯之謂也。但世夐文隱，好生矯誕，真雖存矣，僞亦憑焉。

夫六經彪炳，而緯候稠疊；《孝》、《論》昭晳，而《鈎》、《讖》葳蕤。按經驗緯，其僞有四：蓋緯之成經，其猶織綜，絲麻不雜，布帛乃成；今經正緯奇，倍摘千里，其僞一矣。經顯，聖訓也；緯隱，神教也。聖訓宜廣，神教宜約；而今緯多於經，神理更繁，其僞二矣。有命自天，乃稱符讖，而八十一篇皆託於孔子，則是堯造綠圖，昌制丹書，其僞三矣。商周以前，圖籙頻見，春秋之末，群經方備，先緯後經，體乖織綜，其僞四矣。僞既倍摘，則義异自明，經足訓矣，緯何豫焉？

原夫圖籙之見，乃昊天休命，事以瑞聖，義非配經。故河不出圖，夫子有嘆，如或可造，無勞喟然。昔康王河圖，陳於東序，故知前世符命，歷代寶傳，仲尼所撰，序録而已。於是伎數之士，附以詭術，或説陰陽，或序灾异，若鳥鳴似語，蟲葉成字，篇條滋蔓，必假孔氏，通儒討核，謂起哀平，東序祕寶，朱紫亂矣。至於光武之世，篤信斯術，風化所靡，學者比肩，沛獻集緯以通經，曹褒撰讖以定禮，乖道謬典，亦已甚矣。是以桓譚疾其虚僞，尹敏戲其深瑕，張衡發其僻謬，荀悦明其詭誕，四賢博練，論之精矣。

若乃羲農軒皞之源，山瀆鍾律之要，白魚赤烏之符，黄金紫玉之瑞，事豐奇偉，辭富膏腴，無益經典，而有助文章。是以後來辭人，採摭英華。平子恐其迷學，奏令禁絕；仲豫惜其雜真，未許煨燔。前代配經，故詳論焉。

贊曰：榮河温洛，是孕圖緯。神寶藏用，理隱文貴。世歷二漢，朱紫騰沸。芟夷譎詭，糅其雕蔚。

辨騷第五

自《風》、《雅》寢聲，莫或抽緒，奇文鬱起，其《離騷》哉！固已軒翥詩人之後，奮飛辭家之前，豈去聖之未遠，而楚人之多才乎！昔漢武愛《騷》，而淮南作《傳》，以爲：『《國風》好色而不淫，《小雅》怨誹而不亂，若《離騷》者，可謂兼之；蟬蛻穢濁之中，浮游塵埃之外，皭然涅而不緇，雖與日月争光可也。』班固以爲：『露才揚己，忿懟沉江；羿澆二姚，與左氏不合；崐崘懸圃，非經義所載；然其文辭麗雅，爲詞賦之宗，雖非明哲，可謂妙才。』王逸以爲：『詩人提耳，屈原婉順，《離騷》之文，依經立義。駟虬乘翳，則時乘六龍；崐崘流沙，則《禹貢》敷土。名儒辭賦，莫不擬其儀表。所謂「金相玉質，百世無匹」者也。』及漢宣嗟嘆，以爲『皆合經術』；揚雄諷味，亦言『體同詩雅』。四家舉以方經，而孟堅謂不合傳，褒貶任聲，抑揚過實，可謂鑒而弗精，玩而未核者也。

將核其論，必徵言焉。故其陳堯舜之耿介，稱湯武之祇敬，典誥之體也；譏桀紂之猖披，傷羿澆之顛隕，規諷之旨也；虯龍以喻君子，雲蜺以譬讒邪，比興之義也；每一顧而掩涕，嘆君門之九重，忠怨之辭也：觀茲四事，同於《風》、《雅》者也。至於託雲龍，説迂怪，豐隆求宓妃，鴆鳥媒娀女，詭异之辭也；康回傾地，夷羿彃日，木夫九首，土伯三目，譎怪之談也；依彭咸之遺則，從子胥以自適，狷狹之志也；士女雜坐，亂而不分，指以爲樂，娱酒不廢，沉湎日夜，舉以爲歡，荒淫之意也：摘此四事，异乎經典者也。故論其典誥則如彼，語其夸誕則如此，固知《楚辭》者，體慢於三代，而風雅於戰國，乃《雅》、《頌》之博徒，而詞賦之英傑也。觀其骨鯁所樹，肌膚所附，雖取鎔經意，亦自鑄偉辭。故《騷經》、《九章》，朗麗以哀志；《九歌》、《九辯》，綺靡以傷情；《遠遊》、《天問》，瑰詭而惠巧，《招魂》、《招隱》，耀艷而深華；《卜居》標放言之致，《漁父》寄獨往之才。故能氣往轢古，辭來切今，驚采絶艷，難與并能矣。

自《九懷》以下，遽躡其迹，而屈宋逸步，莫之能追。故其叙情怨，則鬱伊而易感；述離居，則愴怏而難懷；論山水，則循聲而得貌；言節候，則披文而見時。是以枚賈追風以入麗，馬揚沿波而得奇，其衣被詞人，非一代也。故才高者菀其鴻裁，中巧者獵其艷辭，吟諷者銜其山川，童蒙者拾其香草。若能憑軾以倚《雅》、《頌》，懸轡以馭楚篇，酌奇而不失其真，玩華而不墜其實，則顧盼可以驅辭力，欬唾可以窮文致，亦不復乞靈於長卿，假寵於子淵矣。

贊曰：不有屈原，豈見《離騷》。驚才風逸，壯志煙高。山川無極，情理實勞。金相玉式，艷溢錙毫。

明詩第六

大舜云：『詩言志，歌永言。』聖謨所析，義已明矣。是以『在心爲志，發言爲詩』，舒文載實，其在兹乎！詩者，持也，持人情性；三百之蔽，義歸『無邪』，持之爲訓，有符焉爾。

人稟七情，應物斯感，感物吟志，莫非自然。昔葛天氏樂辭云：《玄鳥》在曲，黄帝《雲門》，理不空綺。至堯有《大唐》之歌，舜造《南風》之詩，觀其二文，辭達而已。及大禹成功，九序惟歌；太康敗德，五子咸怨：順美匡惡，其來久矣。自商暨周，《雅》、《頌》圓備，四始彪炳，六義環深。子夏監絢素之章，子貢悟琢磨之句，故商賜二子，可與言詩。自王澤殄竭，風人輟采，春秋觀志，諷誦舊章，酬酢以爲賓榮，吐納而成身文。逮楚國諷怨，則《離騷》爲刺。秦皇滅典，亦造《仙詩》。

漢初四言，韋孟首唱，匡諫之義，繼軌周人。孝武愛文，柏梁列韻。嚴馬之徒，屬辭無方。至成帝品録，三百餘篇，朝章國采，亦云周備；而辭人遺翰，莫見五言，所以李陵、班婕妤見疑於後代也。按《召南·行露》，始肇半章；孺子《滄浪》，亦有全曲；《暇豫》優歌，遠見春秋；《邪徑》童謡，近在成世；閲時取證，則五言久矣。又古詩佳麗，或稱枚叔，其《孤竹》一篇，則傅毅之詞，比采而推，兩漢之作乎？觀其結體散文，直而不野，婉轉附物，怊悵切情，實五言之冠冕也。至於張衡《怨篇》，清典可味；仙詩緩歌，雅有新聲。

暨建安之初，五言騰踊，文帝陳思，縱轡以騁節；王徐應劉，望路而争驅。并憐風月，狎池苑，述恩榮，叙酣宴，慷慨以任氣，磊落以使才；造懷指事，不求纖密之巧；驅辭逐貌，唯取昭晰之能：此其所同也。乃正始明道，詩雜仙心，何晏之徒，率多浮淺。唯嵇志清峻，阮旨遥深，故能標焉。若乃應璩百一，獨立不懼，辭譎義貞，亦魏之遺直也。晋世群才，稍入輕綺，張潘左陸，比肩詩衢，采縟於正始，力柔於建安，或析文以爲妙，或流靡以自妍，此其大略也。江左篇製，溺乎玄風，嗤笑徇務之志，崇盛亡機之談；袁孫已下，雖各有雕采，而辭趣一揆，莫與争雄，所以景純仙篇，挺拔而爲俊矣。宋初文詠，體有因革，莊老告退，而山水方滋；儷采百字之偶，争價一句之奇，情必極貌以寫物，辭必窮力而追新，此近世之所競也。

故鋪觀列代，而情變之數可監；撮舉同异，而綱領之要可明矣。

若夫四言正體，則雅潤爲本；五言流調，則清麗居宗；華實异用，惟才所安。故平子得其雅，叔夜含其潤，茂先凝其清，景陽振其麗；兼善則子建仲宣，偏美則太沖公幹。然詩有恒裁，思無定位，隨性適分，鮮能通圓。若妙識所難，其易也將至；忽之爲易，其難也方來。至於三六雜言，則出自篇什；離合之發，則明於圖讖；回文所興，則道原爲始；聯句共韻，則柏梁餘製：巨細或殊，情理同致，總歸詩囿，故不繁云。

贊曰：民生而志，詠歌所含。興發皇世，風流二南。神理共契，政序相參。英華彌縟，萬代永耽。

樂府第七

樂府者，聲依永，律和聲也。鈞天九奏，既其上帝；葛天八闋，爰乃皇時。自咸英以降，亦無得而論矣。至於塗山歌於候人，始爲南音；有娀謠乎飛燕，始爲北聲；夏甲嘆於東陽，東音以發；殷整思於西河，西音以興：音聲推移，亦不一概矣。匹夫庶婦，謳吟土風，詩官採言，樂盲被律，志感絲篁，氣變金石。是以師曠覘風於盛衰，季札鑒微於興廢，精之至也。

夫樂本心術，故響浹肌髓，先王慎焉，務塞淫濫。敷訓胄子，必歌九德，故能情感七始，化動八風。自雅聲浸微，溺音騰沸，秦燔《樂經》，漢初紹復，制氏紀其鏗鏘，叔孫定其容與，於是《武德》興乎高祖，《四時》廣於孝文，雖摹《韶》、《夏》，而頗襲秦舊，中和之響，闃其不還。暨武帝崇禮，始立樂府，總趙代之音，撮齊楚之氣。延年以曼聲協律，朱馬以騷體製歌。《桂華》雜曲，麗而不經，《赤雁》群篇，靡而非典。河間薦雅而罕御，故汲黯致譏於天馬也。至宣帝雅頌，詩效《鹿鳴》。邇及元成，稍廣淫樂，正音乖俗，其難也如此。暨後郊廟，惟雜雅章，辭雖典文，而律非夔曠。

至於魏之三祖，氣爽才麗，宰割辭調，音靡節平。觀其北上衆引，《秋風》列篇，或述酣宴，或傷羈戍，志不出於淫蕩，辭不離於哀思，雖三調之正聲，實《韶》、《夏》之鄭曲也。逮於晋世，則傅玄曉音，創定雅歌，以詠祖宗；張華新篇，亦充庭萬。然杜夔調律，音奏舒雅，荀勖改懸，聲節哀急。故阮咸譏其離聲，後人驗其銅尺，和樂精妙，固表裏而相資矣。故知詩爲樂心，聲爲樂體。樂體在聲，瞽師務調其器；樂心在詩，君子宜正其文。『好樂無荒』，晋風所以稱遠；『伊其相謔』，鄭國所以云亡。故知季札觀辭，不直聽聲而已。

若夫艷歌婉孌，怨志詄絶，淫辭在曲，正響焉生？然俗聽飛馳，職競新异，雅詠温恭，必欠伸魚睨；奇辭切至，則拊髀雀躍：詩聲俱鄭，自此階矣。凡樂辭曰詩，詩聲曰歌，聲來被辭，辭繁難節；故陳思稱李延年閑於增損古辭，多者則宜減之，明貴約也。觀高祖之詠《大風》，孝武之嘆《來遲》，歌童被聲，莫敢不協；子建士衡，咸有佳篇，并無詔伶人，故事謝絲管，俗稱乖調，蓋未思也。至於斬伎〔軒岐〕鼓吹，漢世鐃挽，雖戎喪殊事，而并總入樂府，繆襲所致，亦有可算焉。昔子政品文，詩與歌别，故略具樂篇，以標區界。

贊曰：八音摛文，樹辭爲體。謳吟坰野，金石雲陛。韶響難追，鄭聲易啓。豈惟觀樂，於焉識禮。

詮賦第八

《詩》有六義，其二曰賦。賦者，鋪也，鋪采摛文，體物寫志也。昔邵公稱：『公卿獻詩，師箴〔瞍〕賦。』傳云：『登高能賦，可爲大夫。』詩序則同義，傳說則异體，總其歸塗，實相枝幹。故劉向云明不歌而頌，班固稱『古詩之流也』。至如鄭莊之賦《大隧》，士蔿之賦《狐裘》，結言掗韻，詞自己作，雖合賦體，明而未融。及靈均唱《騷》，始廣聲貌。然賦也者，受命於詩人，拓宇於《楚辭》也。於是荀况《禮》、《智》，宋玉《風》、《釣》，爰錫名號，與詩畫境，六義附庸，蔚成大國。遂客主以首引，極聲貌以窮文，斯蓋別詩之原始，命賦之厥初也。

秦世不文，頗有雜賦。漢初詞人，順流而作，陸賈扣其端，賈誼振其緒，枚馬同其風，王揚騁其勢，皋朔已下，品物畢圖。繁積於宣時，校閱於成世，進御之賦，千有餘首，討其源流，信興楚而盛漢矣。夫京殿苑獵，述行序志，并體國經野，義尚光大，既履端於倡序，亦歸餘於總亂。序以建言，首引情本；亂以理篇，迭致文契。按《那》之卒章，閔馬稱亂，故知殷人輯頌，楚人理賦，斯并鴻裁之寰域，雅文之樞轄也。至於草區禽族，庶品雜類，則觸興致情，因變取會，擬諸形容，則言務纖密；象其物宜，則理貴側附；斯又小制之區畛，奇巧之機要也。

觀夫荀結隱語，事數自環；宋發巧〔誇〕談，實始淫麗；枚乘《兔園》，舉要以會新；相如《上林》，繁類以成艷；賈誼《鵩鳥》，致辨於情理；子淵《洞簫》，窮變於聲貌；孟堅《兩都》，明絢以雅贍；張衡《二京》，迅發以宏富；子雲《甘泉》，構深瑋之風；延壽《靈光》，含飛動之勢：凡此十家，并辭賦之英傑也。及仲宣靡密，發端必遒；偉長博通，時逢壯采；太沖安仁，策勛於鴻規；士衡子安，底績於流制；景純綺巧，縟理有餘；彥伯梗概，情韻不匱：亦魏晉之賦首也。

原夫登高之旨，蓋覩物興情。情以物興，故義必明雅；物以情觀，故詞必巧麗。麗詞雅義，符采相勝，如組織之品朱紫，畫繪之著玄黃，文雖新而有質，色雖糅而有本，此立賦之大體也。然逐末之儔，蔑弃其本，雖讀千賦，愈惑體要。遂使繁華損枝，膏腴害骨，無貴風軌，莫益勸戒：此揚子所以追悔於雕蟲，貽誚於霧縠者也。

贊曰：賦自詩出，分歧异派。寫物圖貌，蔚似雕畫。抑滯必揚，言庸無隘。風歸麗則，辭翦美稗。

頌讚第九

四始之至，頌居其極。頌者，容也，所以美盛德而述形容也。昔帝嚳之世，咸墨爲頌，以歌《九韶》。自商已下，文理允備。夫化偃一國謂之風，風正四方謂之雅，容告神明謂之頌。風雅序人，事兼變正；頌主告神，義必純美。魯國以公旦次編，商人以前王追録，斯乃宗廟之正歌，非讌饗之常詠也。《時邁》一篇，周公所製，哲人之頌，規式存焉。夫民各有心，勿壅惟口。晋輿之稱原田，魯民之刺裘韠，直言不詠，短辭以諷，邱明子高，并諜爲誦，斯則野誦之變體，浸被乎人事矣。及三閭《橘頌》，情采芬芳，比類寓意，又覃及細物矣。至於秦政刻文，爰頌其德，漢之惠景，亦有述容。沿世并作，相繼於時矣。若夫子雲之表充國，孟堅之序戴侯，武仲之美顯宗，史岑之述熹后；或擬《清廟》，或範《駉》、《那》，雖淺深不同，詳略各异，其褒德顯容，典章一也。至於班傅之《北征》、《西巡》，變爲序引，豈不褒過而謬體哉！馬融之《廣成》、《上林》，雅而似賦，何弄文而失質乎！又崔瑗《文學》，蔡邕《樊渠》，并致美於序，而簡約乎篇。摯虞品藻，頗爲精核，至云雜以風雅，而不變旨趣，徒張虛論，有似黄白之僞説矣。及魏晋辨頌，鮮有出轍。陳思所綴，以《皇子》爲標；陸機積篇，惟《功臣》最顯；其褒貶雜居，固末代之訛體也。

原夫頌惟典雅，辭必清鑠，敷寫似賦，而不入華侈之區；敬慎如銘，而异乎規戒之域。揄揚以發藻，汪洋以樹義，唯纖曲巧致，與情而變，其大體所底，如斯而已。

讚者，明也，助也。昔虞舜之祀，樂正重讚，蓋唱發之辭也。及益讚於禹，伊陟讚於巫咸，并颺言以明事，嗟嘆以助辭也。故漢置鴻臚，以唱拜爲讚，即古之遺語也。至相如屬筆，始讚荊軻。及遷《史》固《書》，託讚褒貶。約文以總録，頌體以論辭，又紀傳後評，亦同其名。而仲洽《流别》，謬稱爲述，失之遠矣。及景純注《雅》，動植必讚，義兼美惡，亦猶頌之變耳。然本其爲義，事生獎嘆，所以古來篇體，促而不廣，必結言於四字之句，盤桓乎數韻之辭，約舉以盡情，昭灼以送文，此其體也。發源雖遠，而致用蓋寡，大抵所歸，其頌家之細條乎！

贊曰：容體底頌，勛業垂讚。鏤彩摛文，聲理有爛。年積愈遠，音徽如旦。降及品物，炫辭作玩。

祝盟第十

天地定位，祀遍群神，六宗既禋，三望咸秩。甘雨和風，是生黍稷，兆民所仰，美報興焉。犧盛惟馨，本於明德，祝史陳信，資乎文辭。昔伊耆始蜡，以祭八神。其辭云：『土反其宅，水歸其壑，昆蟲無作，草木歸其澤。』則上皇祝文，爰在茲矣。舜之祠田云：『荷此長耜，耕彼南畝，四海俱有。』利民之志，頗形於言矣。至於商履，聖敬日躋，玄牡告天，以萬方罪己，即郊禋之詞也；素車禱旱，以六事責躬，則雩禜之文也。及周之大祝，掌六祝之辭。是以庶物咸生，陳於天地之郊；旁作穆穆，唱於迎日之拜；夙興夜處，言於祔廟之祝；『多福無疆』，布於少牢之饋；宜社類禡，莫不有文。所以寅虔於神祇，嚴恭於宗廟也。春秋已下，黷祀諂祭，祝幣史辭，靡神不至。至於張老成室，致善於歌哭之禱；蒯聵臨戰，獲佑於筋骨之請；雖造次顛沛，必於祝矣。若夫《楚辭·招魂》，可謂祝辭之組纚也。漢之群祀，肅其旨禮，既總碩儒之儀，亦參方士之術。所以秘祝移過，异於成湯之心；侲子驅疫，同乎越巫之祝：禮失之漸也。

至如黃帝有祝邪之文，東方朔有罵鬼之書，於是後之譴咒，務於善罵。唯陳思《誥咎》，裁以正義矣。若乃禮之祭祀，事止告饗；而中代祭文，兼讚言行，祭而兼讚，蓋引神而作也。又漢代山陵，哀策流文，周喪盛姬，內史執策。然則策本書贈，因哀而爲文也。是以義同於誄，而文實告神，誄首而哀末，頌體而祝儀，太史所作之讚，因周之祝文也。凡群言發華，而降神務實，修辭立誠，在於無愧。祈禱之式，必誠以敬；祭奠之楷，宜恭且哀：此其大較也。班固之祀濛山，祈禱之誠敬也；潘岳之祭庾婦，奠祭之恭哀也：舉彙而求，昭然可鑒矣。

盟者，明也。騂毛白馬，珠盤玉敦，陳辭乎方明之下，祝告於神明者也。在昔三王，詛盟不及，時有要誓，結言而退。周衰屢盟，以及要契，始之以曹沫，終之以毛遂。及秦昭盟夷，設黄龍之詛；漢祖建侯，定山河之誓。然義存則克終，道廢則渝始，崇替在人，咒何預焉。若夫臧洪歃辭，氣截雲蜺；劉琨鐵誓，精貫霏霜；而無補於晉漢，反爲仇讎。故知信不由衷，盟無益也。夫盟之大體，必序危機，獎忠孝，共存亡，戮心力，祈幽靈以取鑒，指九天以爲正，感激以立誠，切至以敷辭，此其所同也。然非辭之難，處辭爲難。後之君子，宜在殷鑒，忠信可矣，無恃神焉！

贊曰：毖祀欽明，祝史惟談。立誠在肅，脩辭必甘。季代彌飾，絢言朱藍。神之來格，所貴無慚。

銘箴第十一

昔帝軒刻輿几以弼違，大禹勒筍簴而招諫；成湯盤盂，著日新之規，武王户席，題必戒之訓。周公慎言於金人，仲尼革容於欹器，則先聖鑒戒，其來久矣。故銘者，名也，觀器必也正名，審用貴乎盛德。蓋臧武仲之論銘也，曰：『天子令德，諸侯計功，大夫稱伐。』夏鑄九牧之金鼎，周勒肅慎之楛矢，令德之事也；吕望銘功於昆吾，仲山鏤績於庸器，計功之義也；魏顆紀勛於景鐘，孔悝表勤於衛鼎，稱伐之類也。若乃飛廉有石槨之錫，靈公有蒿里之謚，銘發幽石，吁可怪矣！趙靈勒迹於番吾，秦昭刻博於華山，夸誕示後，吁可笑也！詳觀衆例，銘義見矣。至於始皇勒岳，政暴而文澤，亦有疏通之美焉。若班固《燕然》之勒，張昶《華陰》之碣，序亦盛矣。蔡邕銘思，獨冠古今；橋公之鉞，吐納典謨；朱穆之鼎，全成碑文，溺所長也。至如敬通雜器，準矱戒銘，而事非其物，繁略違中。崔駰品物，讚多戒少。李尤積篇，義儉辭碎。蓍龜神物，而居博弈之中；衡斛嘉量，而在臼杵之末，曾名品之未暇，何事理之能閑哉！魏文九寶，器利辭鈍。唯張載《劍閣》，其才清采，迅足駸駸，後發前至，勒銘岷漢，得其宜矣。

箴者，所以攻疾防患，喻鍼石也。斯文之興，盛於三代。夏商二箴，餘句頗存。及周之辛甲，百官箴〔闕唯《虞箴》〕一篇，體義備焉。迄至春秋，微而未絕。故魏絳諷君於后羿，楚子訓民於在勤。戰代以來，弃德務功，銘辭代興，箴文委絕。至揚雄稽古，始範《虞箴》，作《卿尹》、《州牧》二十五篇。及崔胡補綴，總稱《百官》，指事配位，鞶鑑可徵，信所謂追清風於前古，攀辛甲於後代者也。至於潘勖《符節》，要而失淺；温嶠《傅臣》，博而患繁；王濟《國子》，引廣事雜；潘尼《乘輿》，義正體蕪：凡斯繼作，鮮有克衷。至於王朗《雜箴》，乃寘巾履，得其戒慎，而失其所施。觀其約文舉要，憲章戒銘，而水火井竈，繁辭不已，志有偏也。

夫箴誦於官，銘題於器，名目雖异，而警戒實同。箴全禦過，故文資确切；銘兼褒讚，故體貴弘潤：其取事也必核以辨，其摛文也必簡而深，此其大要也。然矢言之道蓋闕，庸器之制久淪，所以箴銘异用，罕施於代。惟秉文君子，宜酌其遠大焉。

贊曰：銘實表器，箴惟德軌。有佩於言，無鑒於水。秉兹貞厲，敬言乎履。義典則弘，文約爲美。

誄碑第十二

周世盛德，有銘誄之文。大夫之材，臨喪能誄。誄者，累也；累其德行，旌之不朽也。夏商已前，其詳靡聞。周雖有誄，未被于士。又賤不誄貴，幼不誄長，在萬乘則稱天以誄之。讀誄定謚，其節文大矣。自魯莊戰乘丘，始及于士。逮尼父卒，哀公作誄，觀其慭遺之切，嗚呼之嘆，雖非叡作，古式存焉。至柳妻之誄惠子，則辭哀而韻長矣。暨乎漢世，承流而作。揚雄之誄元后，文實煩穢，沙麓撮其要，而摯疑成篇，安有累德述尊，而闊略四句乎？杜篤之誄，有譽前代。吴誄雖工，而他篇頗疎，豈以見稱光武，而改盼千金哉！傅毅所制，文體倫序；孝山崔瑗，辨絜相參：觀其序事如傳，辭靡律調，固誄之才也。潘岳構意，專師孝山，巧於序悲，易入新切，所以隔代相望，能徵厥聲者也。至如崔駰誄趙，劉陶誄黄，并得憲章，工在簡要。陳思叨名，而體實繁緩，文皇誄末，旨言自陳，其乖甚矣。若夫殷臣誄湯，追褒玄鳥之祚；周史歌文，上闡后稷之烈；誄述祖宗，蓋詩人之則也。至於序述哀情，則觸類而長。傅毅之誄北海，云『白日幽光，雰霧杳冥』，始序致感，遂爲後式，景而效者，彌取於工矣。詳夫誄之爲制，蓋選言録行，傳體而頌文，榮始而哀終。論其人也，曖乎若可覿；道其哀也，悽焉如可傷：此其旨也。

碑者，埤也。上古帝皇，紀號封禪，樹石埤岳，故曰碑也。周穆紀迹于弇山之石，亦古碑之意也。又宗廟有碑，樹之兩楹，事止麗牲，未勒勛績。而庸器漸缺，故後代用碑，以石代金，同乎不朽，自廟徂墳，猶封墓也。自後漢以來，碑碣雲起。才鋒所斷，莫高蔡邕。觀楊賜之碑，骨鯁訓典；陳郭二文，詞無擇言；周乎衆碑，莫非清允。其叙事也該而要，其綴采也雅而澤；清詞轉而不窮，巧義出而卓立；察其爲才，自然而至。孔融所創，有慕伯喈；張陳兩文，辨給足采，亦其亞也。及孫綽爲文，志在碑誄；温王郤庾，辭多枝雜；《桓彝》一篇，最爲辨裁。夫屬碑之體，資乎史才，其序則傳，其文則銘。標序盛德，必見清風之華；昭紀鴻懿，必見峻偉之烈：此碑之制也。夫碑實銘器，銘實碑文，因器立名，事光於誄。是以勒石讚勛者，入銘之域；樹碑述已〔亡〕者，同誄之區焉。

贊曰：寫實追虚，碑誄以立。銘德慕行，文采允集。觀風似面，聽辭如泣。石墨鐫華，頹影豈忒。

哀弔第十三

賦憲之謚，短折曰哀。哀者，依也。悲實依心，故曰哀也。以辭遣哀，蓋不淚之悼，故不在黄髮，必施夭昏。昔三良殉秦，百夫莫贖，事均夭横，《黄鳥》賦哀，抑亦詩人之哀辭乎？暨漢武封禪，而霍子侯暴亡，帝傷而作詩，亦哀辭之類矣。及後漢，汝陽王亡，崔瑗哀辭，始變前式。然履突鬼門，怪而不辭；駕龍乘雲，仙而不哀；又卒章五言，頗似歌謡，亦仿佛乎漢武也。至於蘇慎、張升，并述哀文，雖發其情華，而未極心實。建安哀辭，惟偉長差善，《行女》一篇，時有惻怛。及潘岳繼作，實踵其美。觀其慮善辭變，情洞悲苦，叙事如傳，結言摹詩，促節四言，鮮有緩句；故能義直而文婉，體舊而趣新，《金鹿》、《澤蘭》，莫之或繼也。原夫哀辭大體，情主於痛傷，而辭窮乎愛惜。幼未成德，故譽止於察惠；弱不勝務，故悼加乎膚色。隱心而結文則事愜，觀文而屬心則體奢。奢體爲辭，則雖麗不哀；必使情往會悲，文來引泣，乃其貴耳。

弔者，至也。詩云『神之弔矣』，言神至也。君子令終定謚，事極理哀，故賓之慰主，以至到爲言也。壓溺乖道，所以不弔矣。又宋水鄭火，行人奉辭，國災民亡，故同弔也。及晉築虒臺，齊襲燕城，史趙蘇秦，翻賀爲弔，虐民搆敵，亦亡之道。凡斯之例，弔之所設也。或驕貴而殞身，或狷忿以乖道，或有志而無時，或美才而兼累，追而慰之，并名爲弔。自賈誼浮湘，發憤弔屈，體同而事核，辭清而理哀，蓋首出之作也。及相如之弔二世，全爲賦體，桓譚以爲其言惻愴，讀者嘆息。及平章要切，斷而能悲也。揚雄弔屈，思積功寡，意深文略，故辭韻沈膇。班彪蔡邕，并敏于致語，然影附賈氏，難爲并驅耳。胡阮之弔夷齊，褒而無聞，仲宣所制，譏呵實工。然則胡阮嘉其清，王子傷其隘，各志也。禰衡之弔平子，縟麗而輕清；陸機之弔魏武，序巧而文繁。降斯以下，未有可稱者矣。夫弔雖古義，而華辭未造；華過韻緩，則化而爲賦。固宜正義以繩理，昭德而塞違，割析褒貶，哀而有正，則無奪倫矣。

贊曰：辭定所表，在彼弱弄。苗而不秀，自古斯慟。雖有通才，迷方告控。千載可傷，寓言以送。

雜文第十四

智術之子，博雅之人，藻溢於辭，辭盈乎氣。苑囿文情，故日新殊致。宋玉含才，頗亦負俗，始造《對問》，以申其志，放懷寥廓，氣實使之。及枚乘摛艷，首製《七發》，腴辭雲構，夸麗風駭。蓋七竅所發，發乎嗜欲，始邪末正，所以戒膏粱之子也。揚雄覃思文闊，業深綜述，碎文瑣語，肇爲《連珠》，其辭雖小而明潤矣。凡此三者，文章之枝派，暇豫之末造也。

自《對問》以後，東方朔效而廣之，名爲《客難》，託古慰志，疎而有辨。揚雄《解嘲》，雜以諧謔，迴環自釋，頗亦爲工。班固《賓戲》，含懿采之華；崔駰《達旨》，吐典言之裁；張衡《應間》，密而兼雅；崔實

《客譏》，整而微質；蔡邕《釋誨》，體奥而文炳；景純《客傲》，情見而采蔚：雖迭相祖述，然屬篇之高者也。至於陳思《客問》，辭高而理疏；庾敳《客咨》，意榮而文悴。斯類甚衆，無所取裁矣。原兹文之設，乃發憤以表志。身挫憑乎道勝，時屯寄於情泰，莫不淵岳其心，麟鳳其采，此立本之大要也。

自《七發》以下，作者繼踵。觀枚氏首唱，信獨拔而偉麗矣。及傅毅《七激》，會清要之工；崔駰《七依》，入博雅之巧；張衡《七辨》，結采綿靡；崔瑗《七厲》，植義純正；陳思《七啓》，取美於宏壯；仲宣《七釋》，致辨於事理。自桓麟《七説》以下，左思《七諷》以上，枝附影從，十有餘家。或文麗而義暌，或理粹而辭駁。觀其大抵所歸，莫不高談宫館，壯語畋獵；窮瑰奇之服饌，極蠱媚之聲色；甘意摇骨體，艷詞動魂識，雖始之以淫侈，而終之以居正，然諷一勸百，勢不自反。子雲所謂『先騁鄭衛之聲，曲終而奏雅』者也。唯《七厲》叙賢，歸以儒道，雖文非拔群，而意實卓爾矣。

自《連珠》以下，擬者間出。杜篤賈逵之曹，劉珍潘勖之輩，欲穿明珠，多貫魚目。可謂壽陵匍匐，非復邯鄲之步；里醜捧心，不關西施之顰矣。唯士衡運思，理新文敏，而裁章置句，廣於舊篇，豈慕朱仲四寸之璫乎！夫文小易周，思閑可贍。足使義明而詞浄，事圓而音澤，磊磊自轉，可稱珠耳。

詳夫漢來雜文，名號多品，或典誥誓問，或覽略篇章，或曲操弄引，或吟諷謡詠。總括其名，并歸雜文之區；甄别其義，各入討論之域：類聚有貫，故不曲述。

贊曰：偉矣前修，學堅多飽。負文餘力，飛靡弄巧。枝辭攢映，嘒若參昴。慕嚬之心，於焉祇攪。

諧隱第十五

芮良夫之詩云：『自有肺腸，俾民卒狂。』夫心險如山，口壅若川，怨怒之情不一，歡謔之言無方。昔華元弃甲，城者發睅目之謳；臧紇喪師，國人造侏儒之歌：并嗤戲形貌，内怨爲俳也。又蠶蟹鄙諺，貍首淫哇，苟可箴戒，載於禮典。故知諧辭讔言，亦無弃矣。

諧之言皆也。辭淺會俗，皆悦笑也。昔齊威酣樂，而淳于説甘酒；楚襄讌集，而宋玉賦好色：意在微諷，有足觀者。及優旃之諷漆城，優孟之諫葬馬，并譎辭飾説，抑止昏暴。是以子長編史，列傳滑稽，以其辭雖傾回，意歸義正也。但本體不雅，其流易弊。於是東方枚臯，餔糟啜醨，無所匡正，而詆嫚媟弄，故其自稱爲賦，乃亦俳也；見視如倡，亦有悔矣。至魏文因俳説以著笑書，薛綜憑宴會而發嘲調，雖抃推席，而無益時用矣。然而懿文之士，未免枉轡；潘岳醜婦之屬，束晳賣餅之類，尤而效之，蓋以百數。魏晋滑稽，盛相驅扇，遂乃應瑒之鼻，方於盜削卵；張華之形，比乎握舂杵。曾是莠言，有虧德音，豈非溺者之妄笑，胥靡之狂歌歟？

讔者，隱也；遁辭以隱意，譎譬以指事也。昔還社求拯于楚師，喻眢井而稱麥麴；叔儀乞糧于魯人，歌佩玉而呼庚癸；伍舉刺荆王以大鳥，齊客譏薛公以海魚；莊姬託辭于龍尾，臧文謬書於羊裘：隱語之用，被于紀傳。大者興治濟身，其次弼違曉惑。蓋意生於權譎，而事出於機急，與夫諧辭，可相表裏者也。漢世《隱書》，十有八篇；歆固編文，録之歌末。昔楚莊齊威，性好隱語。至東方曼倩，尤巧辭述。但謬辭詆戲，無益規補。自魏代以來，頗非俳優，而君子嘲隱，化爲謎語。謎也者，迴互其辭，使昏迷也。或體目文字，或圖象品物，纖巧以弄思，淺察以衒辭，義欲婉而正，辭欲隱而顯。荀卿《蠶賦》，已兆其體。至魏文陳思，約而密之，高貴鄉公，博舉品物，雖有小巧，用乖遠大。夫觀古之爲隱，理周要務，豈爲童稚之戲謔，搏髀而抃笑哉！然文辭之有諧讔，譬九流之有小説，蓋稗官所采，以廣視聽。若效而不已，則髡袒而入室，旃孟之石交乎？

贊曰：古之嘲隱，振危釋憊。雖有絲麻，無弃菅蒯。會義適時，頗益諷誡。空戲滑稽，德音大壞。

史傳第十六

開闢草昧，歲紀綿邈，居今識古，其載籍乎！軒轅之世，史有蒼頡，主文之職，其來久矣。《曲禮》曰：史載筆。左右。史者，使也。執筆左右，使之記也。古者，左史記事者，右史記言者。言經則《尚書》，事經則《春秋》。唐虞流于典謨，商夏被于誥誓。自周命維新，姬公定法，紬三正以班曆，貫四時以聯事，諸侯建邦，各有國史，彰善癉惡，樹之風聲。自平王微弱，政不及雅，憲章散紊，彝倫攸斁。昔者夫子閔王道之缺，傷斯文之墜，靜居以嘆鳳，臨衢而泣麟，於是就太師以正《雅》、《頌》，因魯史以修《春秋》，舉得失以表黜陟，徵存亡以標勸戒；褒見一字，貴踰軒冕；貶在片言，誅深斧鉞。然睿旨存亡幽隱，經文婉約，丘明同時，實得微言，乃原始要終，創爲傳體。傳者，轉也；轉受經旨，以授於後，實聖文之羽翮，記籍之冠冕也。

及至從横之世，史職猶存。秦并七王，而戰國有策。蓋録而弗叙，故即簡而爲名也。漢滅嬴項，武功積年，陸賈稽古，作《楚漢春秋》。爰及太史談，世惟執簡；子長繼志，甄序帝勣。比堯稱典，則位雜中賢；法孔題經，則文非元聖。故取式《吕覽》，通號曰紀，紀綱之號，亦宏稱也。故《本紀》以述皇王，《列傳》以總侯伯，《八書》以鋪政體，《十表》以譜年爵，雖殊古式，而得事序焉。爾其實録無隱之旨，博雅弘辯之才，愛奇反經之尤，條例踳落之失，叔皮論之詳矣。及班固述漢，因循前業，觀司馬遷之辭，思實過半。其《十志》該富，讚序弘麗，儒雅彬彬，信有遺味。至於宗經矩聖之典，端緒豐贍之功，遺親攘美之罪，徵賄鬻筆之愆，公理辨之究矣。觀夫左氏綴事，附經間出，於文爲約，而氏族難明。及史遷各傳，人始區詳而易覽，述者宗焉。及孝惠委機，吕后攝政，班史立紀，違經失實。何則？庖犧以來，未聞女帝者也。漢運所值，難爲後法。牝雞無晨，武王首誓；婦無與國，齊桓著盟；宣后亂秦，吕氏危漢：豈唯政事難假，亦名號宜慎矣。張衡司史，而惑同遷固，元帝王后，欲爲立紀，謬亦甚矣。尋子弘雖僞，要當孝惠之嗣；孺子誠微，實繼平帝之體：二子可紀，何有於二后哉？

至於《後漢》紀傳，發源《東觀》。袁張所製，偏駁不倫。薛謝之作，疎謬少信。若司馬彪之詳實，華嶠之準當，則其冠也。及魏代三雄，記傳互出。《陽秋》、《魏略》之屬，《江表》、《吴録》之類，或激抗難徵，或疎闊寡要。唯陳壽《三志》，文質辨洽，荀張比之於遷固，非妄譽也。

至於晋代之書，繁乎著作。陸機肇始而未備，王韶續末而不終，干寶述《紀》，以審正得序；孫盛《陽秋》，以約舉爲能。按《春秋經傳》，舉例發凡。自《史》、《漢》以下，莫有準的。至鄧璨《晋紀》，始立條例，又擺落漢魏，憲章殷周，雖湘川曲學，亦有心典謨。及安國立例，乃鄧氏之規焉。

原夫載籍之作也，必貫乎百氏，被之千載，表徵盛衰，殷鑒興廢：使一代之制，共日月而長存；王霸之迹，并天地而久大。是以在漢之初，史職爲盛。郡國文計，先集太史之府，欲其詳悉於體國。必閱石室，啓金匱，抽裂帛，檢殘竹，欲其博練於稽古也。是立義選言，宜依經以樹則；勸戒與奪，必附聖以居宗，然後詮評昭整，苛濫不作矣。然紀傳爲式，編年綴事，文非泛論，按實而書，歲遠則同异難密，事積則起訖易疎，斯固總會之爲難也。或有同歸一事，而數人分功，兩記則失於複重，偏舉則病於不周，此又銓配之未易也。故張衡摘史班之舛濫，傅玄譏《後漢》之尤煩，皆此類也。

若夫追述遠代，代遠多僞。公羊高云『傳聞异辭』，荀况稱『録遠略近』，蓋文疑則闕，貴信史也。然俗皆愛奇，莫顧實理。傳聞而欲偉其事，録遠而欲詳其迹，於是弃同即异，穿鑿傍説，舊史所無，我書則傳，此訛濫之本源，而述遠之巨蠹也。至於記編同時，時同多詭，雖定哀微辭，而世情利害。勛榮之家，雖庸夫而盡飾；迍敗之士，雖令德而常嗤，理欲吹霜煦露，寒暑筆端，此又同時之枉，可爲嘆息者也。故述遠則誣矯如彼，記近則回邪如此，析理居正，唯素心乎！

若乃尊賢隱諱，固尼父之聖旨，蓋纖瑕不能玷瑾瑜也；奸慝懲戒，實良史之直筆，農夫見莠，其必鋤也：若斯之科，亦萬代一準焉。至於尋繁領雜之術，務信弃奇之要，明白頭訖之序，品酌事例之條，曉其大綱，則衆理可貫。然史之爲任，乃彌綸一代，負海内之責，而贏是非之尤，秉筆荷擔，莫此之勞。遷、固通矣，而歷詆後世。若任情失正，文其殆哉！

贊曰：史肇軒黄，體備周孔。世歷斯編，善惡偕總。騰褒裁貶，萬古魂動。辭宗丘明，直歸南董。

諸子第十七

諸子者，入道見志之書。太上立德，其次立言。百姓之群居，苦紛雜而莫顯；君子之處世，疾名德之不章。唯英才特達，則炳曜垂文，騰其姓氏，懸諸日月焉。昔風后、力牧、伊尹，咸其流也。篇述者，蓋上古遺語，而戰伐所記者也。至鬻熊知道，而文王諮詢，餘文遺事，録爲《鬻子》。子自肇始，莫先於兹。及伯陽識禮，而仲尼訪問，爰序道德，以冠百氏。然則鬻惟文友，李實孔師，聖賢并世，而經子异流矣。

逮及七國力政，俊乂蜂起。孟軻膺儒以磬折，莊周述道以翱翔；墨翟執儉确之教，尹文課名實之符；野老治國於地利，騶子養政於天文，申商刀鋸以制理，鬼谷唇吻以策勛；尸佼兼總於雜術，青史曲綴以街談。承流而枝附者，不可勝算。并飛辯以馳術，饜禄而餘榮矣。暨於暴秦烈火，勢炎崐岡，而煙燎之毒，不及諸子。逮漢成留思，子政讎校，於是《七略》芬菲，九流鱗萃，殺青所編，百有八十餘家矣。迄至魏晋，作者間出，讕言兼存，瑣語必録，類聚而求，亦充箱照軫矣。然繁辭雖積，而本體易總，述道言治，枝條五經。其純粹者入矩，踳駁者出規。《禮記·月令》，取乎吕氏之紀；三年問喪，寫乎《荀子》之書：此純粹之類也。若乃湯之問棘，云蚊睫有雷霆之聲；惠施對梁王，云蝸角有伏尸之戰；《列子》有移山跨海之談，《淮南》有傾天折地之説：此踳駁之類也。是以世疾諸，混同虚誕。按《歸藏》之經，大明迂怪，乃稱羿弊十日，嫦娥奔月。殷湯如兹，况諸子乎！至如商韓，六蝨五蠹，弃孝廢仁，轘藥之禍，非虚至也。公孫之白馬孤犢，辭巧理拙，魏牟比之鴞鳥，非妄貶也。昔東平求諸子、《史記》，而漢朝不與。蓋以《史記》多兵謀，而諸子雜詭術也。然洽聞之士，宜撮綱要，覽華而食實，弃邪而採正，極睇參差，亦學家之壯觀也。

研夫孟、荀所述，理懿而辭雅；管、晏屬篇，事核而言練；列御寇之書，氣偉而采奇；鄒子之説，心奢而辭壯；墨翟、隨巢，意顯而語質；尸佼、尉繚，術通而文鈍；鶡冠綿綿，亟發深言；鬼谷眇眇，每環奥義；情辨以澤，文子擅其能；辭約而精，尹文得其要；慎到析密理之巧，韓非著博喻之富；吕氏鑒遠而體周，淮南泛採而文麗：斯則得百氏之華采，而辭氣文之大略也。

若夫陸賈《典語》，賈誼《新書》，揚雄《法言》，劉向《説苑》，王符《潛夫》，崔寔《政論》，仲長《昌言》，杜夷《幽求》，咸叙經典，或明政術，雖標論名，歸乎諸子。何者？博明萬事爲子，適辨一理爲論，彼皆蔓延雜説，故入諸子之流。夫自六國以前，去聖未遠，故能越世高談，自開户牖。兩漢以後，體勢漫弱，雖明乎坦途，而類多依採，此遠近之漸變也。嗟夫！身與時舛，志共道申，標心於萬古之上，而送懷於千載之下，金石靡矣，聲其銷乎！

贊曰：大夫處世，懷寶挺秀。辨雕萬物，智周宇宙。立德何隱，含道必授。條流殊述，若有區囿。

論説第十八

聖哲彝訓曰經，述經叙理曰論。論者，倫也；倫理無爽，則聖意不墜。昔仲尼微言，門人追記，故仰其經目，稱爲《論語》。蓋群論立名，始於兹矣。自《論語》已前，經無『論』字；《六韜》二論，後人追題乎！詳觀論體，條流多品：陳政則與議説合契，釋經則與傳注參體，辨史則與贊評齊行，銓文則與叙引共紀。故議者宜言，説者説語，傳者轉師，注者主解，贊者明意，評者平理，序者次事，引者胤辭：八名區分，一揆宗論。論也者，彌綸群言，而研精一理者也。是以莊周《齊物》，以論爲名；不韋《春秋》，六論昭列；至《石渠》論藝，《白虎》通講，聚述聖言通經，論家之正體也。及班彪《王命》，嚴尤《三將》，敷述昭情，善入史體。魏之初霸，術兼名法；傅嘏、王粲，校練名理。迄至正始，務欲守文；何晏之徒，始盛玄論。於是聃周當路，與尼父爭塗矣。詳觀蘭石之《才性》，仲宣之《去代》，叔夜之《辨聲》，太初之《本玄》，輔嗣之《兩例》，平叔之二論，并師心獨見，鋒穎精密，蓋人倫之英也。至如李康《運命》，同《論衡》而過之；陸機《辨亡》，效《過秦》而不及；然亦其美矣。次及宋岱、郭象，鋭思於幾神之區；夷甫、裴頠，交辨於有無之域：并獨步當時，流聲後代。然滯有者，全繫於形用；貴無者，專守於寂寥：徒鋭偏解，莫詣正理；動極神源，其般若之絶境乎？逮江左群談，惟玄是務；雖有日新，而多抽前緒矣。至如張衡《譏世》，韻似俳説；孔融《孝廉》，但談嘲戲；曹植《辨道》，體同書抄：言不持正，論如其已。原夫論之爲體，所以辨正然否，窮于有數，追于無形，迹堅求通，鈎深取極；乃百慮之筌蹄，萬事之權衡也。故其義貴圓通，辭忌枝碎，必使心與理合，彌縫莫見其隙；辭共心密，敵人不知所乘：斯其要也。是以論如析薪，貴能破理。斤利者，越理而横斷；辭辨者，反義而取通：覽文雖巧，而檢迹如妄。唯君子能通天下之志，安可以曲論哉？若夫注釋爲詞，解散論體，雜文雖异，總會是同。若秦延君之注《堯典》，十餘萬字；朱普之解《尚書》，三十萬言：所以通人惡煩，羞學章句。若毛公之訓《詩》，安國之傳《書》，鄭君之釋《禮》，王弼之解《易》，要約明暢，可爲式矣。

說者，悦也；兑爲口舌，故言咨悦懌；過悦必僞，故舜驚讒說。說之善者，伊尹以論味隆殷，太公以辨釣興周，及燭武行而紓鄭，端木出而存魯，亦其美也。暨戰國争雄，辨士雲踊；從横參謀，長短角勢；轉丸騁其巧辭，飛鉗伏其精術。一人之辨，重於九鼎之寶；三寸之舌，强於百萬之師。六印磊落以佩，五都隱賑而封。至漢定秦楚，辨士弭節，酈君既斃於齊鑊，蒯子幾入乎漢鼎。雖復陸賈籍甚，張釋傅會，杜欽文辨，樓護唇舌，頡頏萬乘之階，抵嘘公卿之席，并順風以託勢，莫能逆波而泝洄矣。夫説貴撫會，弛張相隨，不專緩頰，亦在刀筆。范睢之言事，李斯之止逐客，并煩情入機，動言中務，雖批逆鱗，而功成計合，此上書之善説也。至於鄒陽之説吴梁，喻巧而理至，故雖危而無咎矣。敬通之説鮑鄧，事緩而文繁，所以歷騁而罕遇也。凡説之樞要，必使時利而義貞；進有契於成務，退無阻於榮身。自非譎敵，則唯忠與信。披肝膽以獻主，飛文敏以濟辭，此説之本也。而陸氏直稱説煒曄以譎誑，何哉？

贊曰：理形於言，叙理成論。詞深人天，致遠方寸。陰陽莫貳，鬼神靡遁。説爾飛鉗，呼吸沮勸。

詔策第十九

皇帝御宇，其言也神。淵嘿黼扆，而響盈四表，唯詔策乎！昔軒轅唐虞，同稱爲命。命之爲義，制性之本也。其在三代，事兼誥誓。誓以訓戎，誥以敷政，命喻自天，故授官錫胤。《易》之《姤》象：『后以施命誥四方。』誥命動民，若天下之有風矣。降及七國，并稱曰令。令者，使也。秦并天下，改命曰制。漢初定儀則，則命有四品：一曰策書，二曰制書，三曰詔書，四曰戒敕。敕戒州部，詔誥百官，制施赦命，策封王侯。策者，簡也。制者，裁也。詔者，告也。敕者，正也。《詩》云『畏此簡書』，《易》稱『君子以制度數』，《禮》稱『明君之詔』，《書》稱『敕天之命』，并本經典以立名目。遠詔近命，習秦制也。《記》稱『絲綸』，所以應接群后。虞重納言，周貴喉舌，故兩漢詔誥，職在尚書。王言之大，動入史策，其出如綍，不反若汗。是以淮南有英才，武帝使相如視草；隴右多文士，光武加意於書辭：豈直取美當時，亦敬慎來葉矣。觀文景以前，詔體浮新；武帝崇儒，選言弘奧。策封三王，文同訓典；勸戒淵雅，垂範後代；及制誥嚴助，即云『厭承明廬』，蓋寵才之恩也。孝宣璽書，賜太守陳遂，亦故舊之厚也。逮光武撥亂，留意斯文，而造次喜怒，時或偏濫。詔賜鄧禹，稱司徒爲堯；敕責侯霸，稱黄鉞一下：若斯之類，實乖憲章。暨明帝崇學，雅詔間出。安和政弛，禮閣鮮才，每爲詔敕，假手外請。建安之末，文理代興，潘勖九錫，典雅逸群；衛覬禪誥，符命炳耀，弗可加已。自魏晋誥策，職在中書，劉放張華，互管斯任，施命發號，洋洋盈耳。魏文帝下詔，辭義多偉，至於作威作福，其萬慮之一弊乎！晉氏中興，唯明帝崇才，以溫嶠文清，故引入中書。自斯以後，體憲風流矣。夫王言崇秘，大觀在上，所以百辟其刑，萬邦作孚。故授官選賢，則義炳重離之輝；優文封策，則氣含風雨之潤；敕戒恒誥，則筆吐星漢之華；治戎燮伐，則聲有洊雷之威；眚灾肆赦，則文有春露之滋；明罰敕法，則辭有秋霜之烈：此詔策之大略也。戒敕爲文，實詔之切者，周穆命郊父受敕憲，此其事也。魏武稱作敕戒，當指事而語，勿得依違，曉治要矣。及晉武敕戒，備告百官：敕都督以兵要，戒州牧以董司，警郡守以恤隱，勒牙門以禦衛，有訓典焉。

戒者，慎也，禹稱『戒之用休』。君父至尊，在三罔極。漢高祖之《敕太子》，東方朔之《戒子》，亦顧命之作也。及馬援已下，各貽家戒。班姬《女戒》，足稱母師矣。教者，效也，出言而民效也。契敷五教，故王侯稱教。昔鄭弘之守南陽，條教爲後所述，乃事緒明也；孔融之守北海，文教麗而罕於理，乃治體乖也。若諸葛孔明之詳約，庾稚恭之明斷，并理得而辭中，教之善也。自教以下，則又有命。《詩》云『有命在天』，明爲重也；《周禮》曰『師氏詔王』，爲輕命。今詔重而命輕者，古今之變也。

贊曰：皇王施令，寅嚴宗誥。我有絲言，兆民尹好。輝音峻舉，鴻風遠蹈。騰義飛辭，渙其大號。

檄移第二十

震雷始於曜電，出師先乎威聲。故觀電而懼雷壯，聽聲而懼兵威。兵先乎聲，其來已久。昔有虞始戒於國，夏后初誓於軍，殷誓軍門之外，周將交刃而誓之。故知帝世戒兵，三王誓師，宣訓我衆，未及敵人也。至周穆西征，祭公謀父稱『古有威讓之令，令有文告之辭』，即檄之本源也。及春秋征伐，自諸侯出，懼敵弗服，故兵出須名，振此威風，暴彼昏亂，劉獻公之所謂『告之以文辭，董之以武師』者也。齊桓征楚，詰苞茅之闕；晋厲伐秦，責箕郜之焚；管仲、呂相，奉辭先路，詳其意義，即今之檄文。暨乎戰國，始稱爲檄。檄者，皦也。宣露於外，皦然明白也。張儀《檄楚》，書以尺二，明白之文，或稱露布，播諸視聽也。夫兵以定亂，莫敢自專，天子親戎，則稱『恭行天罰』；諸侯御師，則云『肅將王誅』。故分閫推轂，奉辭伐罪，非唯致果爲毅，亦且厲辭爲武。使聲如衝風所擊，氣似欃槍所掃，奮其武怒，總其罪人，懲其惡稔之時，顯其貫盈之數，搖奸宄之膽，訂信慎之心，使百尺之衝，摧折於咫書，萬雉之城，顛墜於一檄者也。觀隗囂之檄亡新，布其三逆，文不雕飾，而辭切事明，隴右文士，得檄之體矣。陳琳之檄豫州，壯有骨鯁，雖奸閹攜養，章密太甚，發丘摸金，誣過其虐；然抗辭書釁，皦然露骨矣。敢指曹公之鋒，幸哉免袁黨之戮也。鍾會檄蜀，徵驗甚明；桓公檄胡，觀釁尤切，并壯筆也。凡檄之大體，或述此休明，或叙彼苛虐，指天時，審人事，算强弱，角權勢，標蓍龜于前驗，懸鞶鑒于已然，雖本國信，實參兵詐。譎詭以馳旨，煒曄以騰説，凡此衆條，莫或違之者也。故其植義揚辭，務在剛健，插羽以示迅，不可使辭緩；露板以宣衆，不可使義隱。必事昭而理辨，氣盛而辭斷，此其要也。若曲趣密巧，無所取才矣。又州郡徵吏，亦稱爲檄，固明舉之義也。

移者，易也；移風易俗，令往而民隨者也。相如之《難蜀老》，文曉而喻博，有移檄之骨焉。及劉歆之《移太常》，辭剛而義辨，文移之首也。陸機之《移百官》，言約而事顯，武移之要者也。故檄移爲用，事兼文武，其在金革，則逆黨用檄，順命資移；所以洗濯民心，堅同符契，意用小异，而體義大同，與檄參伍，故不重論也。

贊曰：三驅弛剛，九伐先話。鞶鑒吉凶，蓍龜成敗。惟壓鯨鯢，抵落蜂蠆。移寶易俗，草偃風邁。

封禪第二十一

夫正位北辰，嚮明南面，所以運天樞，毓黎獻者，何嘗不經道緯德，以勒皇迹者哉？《録圖》曰：『潬潬噅噅，棼棼雉雉，萬物盡化。』言至德所被也。《丹書》曰：『義勝欲則從，欲勝義則凶。』戒慎之至也。則戒慎以崇其德，至德以凝其化，七十有二君，所以封禪矣。

昔黄帝神靈，克膺鴻瑞，勒功喬岳，鑄鼎荆山。大舜巡岳，顯乎《虞典》。成康封禪，聞之《樂緯》。及齊桓之霸，爰窺王迹，夷吾譎陳，距以怪物。固知玉牒金鏤，專在帝皇也。然則西鶼東鰈，南茅北黍，空談非徵，勛德而已。是史遷八書，明述封禪者，固禋祀之殊禮，名號之秘祝，祀天之壯觀矣。秦皇銘岱，文自李斯，法家辭氣，體乏弘潤；然疎而能壯，亦彼時之絶采也。鋪觀兩漢隆盛，孝武禪號於肅然，光武巡封於梁父，誦德銘勛，乃鴻筆耳。觀相如《封禪》，蔚爲唱首。爾其表權輿，序皇王，炳元符，鏡鴻業，驅前古於當今之下，騰休明於列聖之上，歌之以禎瑞，讚之以介丘，絶筆茲文，固維新之作也。及光武勒碑，則文自張純。首胤典謨，末同祝辭，引鈎讖，叙離亂，計武功，述文德，事核理舉，華不足而實有餘矣。凡此二家，并岱宗實迹也。及揚雄《劇秦》，班固《典引》，事非鐫石，而體因紀禪。觀《劇秦》爲文，影寫長卿，詭言遁辭，故兼包神怪。然骨掣靡密，辭貫圓通，自稱極思，無遺力矣。《典引》所叙，雅有懿乎，歷鑒前作，能執厥中，其致義會文，斐然餘巧。故稱《封禪》麗而不典，《劇秦》典而不實，豈非追觀易爲明，循勢易爲力歟？至於邯鄲《受命》，攀響前聲，風末力寡，輯韻成頌，雖文理順序，而不能奮飛。陳思《魏德》，假論客主，問答迂緩，且已千言，勞深勣寡，飆焰缺焉。

茲文爲用，蓋一代之典章也。構位之始，宜明大體，樹骨於訓典之區，選言於宏富之路；使意古而不晦於深，文今而不墜於淺，義吐光芒，辭成廉鍔，則爲偉矣。雖復道極數殫，終然相襲，而日新其采者，必超前轍焉。

贊曰：封勒帝勣，對越天休。逖聽高岳，聲英克彪。樹石九旻，泥金八幽。鴻律蟠采，如龍如虯。

章表第二十二

夫設官分職，高卑聯事。天子垂珠以聽，諸侯鳴玉以朝。敷奏以言，明試以功。故堯咨四岳，舜命八元，固辭再讓之請，俞往欽哉之授，并陳辭帝庭，匪假書翰。然則敷奏以言，則章表之義也；明試以功，即授爵之典也。至太甲既立，伊尹書誡，思庸歸亳，又作書以讚。文翰獻替，事斯見矣。周監二代，文理彌盛，再拜稽首，對揚休命，承文受册，敢當丕顯，雖言筆未分，而陳謝可見。降及七國，未變古式，言事於主，皆稱上書。秦初定制，改書曰奏。漢定禮儀，則有四品：一曰章，二曰奏，三曰表，四曰議。章以謝恩，奏以按劾，表以陳請，議以執异。章者，明也。《詩》云『爲章於天』，謂文明也；其在文物，赤白曰章。表者，標也。《禮》有《表記》，謂德見於儀；其在器式，揆景曰表。章表之目，蓋取諸此也。按《七略》、《藝文》，謠詠必録；章表奏議，經國之樞機，然闕而不纂者，乃各有故事，而在職司也。前漢表謝，遺篇寡存。及後漢察舉，必試章奏。左雄奏議，臺閣爲式；胡廣章奏，天下第一：并當時之傑筆也。觀伯始謁陵之章，足見其典文之美焉。昔晉文受册，三辭從命，是以漢末讓表，以三爲斷。曹公稱『爲表不必三讓』，又『勿得浮華』。所以魏初表章，指事造實，求其靡麗，則未足美矣。至於文舉之薦禰衡，氣揚采飛；孔明之辭後主，志盡文暢：雖華實异旨，并表之英也。琳瑀章表，有譽當時；孔璋稱健，則其標也。陳思之表，獨冠群才。觀其體贍而律調，辭清而志顯，應物製巧，隨變生趣，執轡有餘，故能緩急應節矣。逮晉初筆札，則張華爲儁。其三讓公封，理周辭要，引義比事，必得其偶，世珍《鷦鷯》，莫顧章表。及羊公之辭開府，有譽於前談；庾公之讓中書，信美於往載：序志聯類，有文雅焉。劉琨《勸進》，張駿《自序》，文致耿介，并陳事之美表也。

原夫章表之爲用也，所以對揚王庭，昭明心曲。既其身文，且亦國華。章以造闕，風矩應明；表以致禁，骨采宜耀：循名課實，以章爲本者也。是以章式炳賁，志在典謨；使要而非略，明而不淺。表體多包，情僞屢遷，必雅義以扇其風，清文以馳其麗。然懇惻者辭爲心使，浮侈者情爲文使，繁約得正，華實相勝，脣吻不滯，則中律矣。子貢云『心以制之，言以結之』，蓋一辭意也。荀卿以爲『觀人美辭，麗於黼黻文章』，亦可以喻於斯乎！

贊曰：敷表降闕，獻替黼扆。言必貞明，義則弘偉。肅恭節文，條理首尾。君子秉文，辭令有斐。

奏啓第二十三

昔唐虞之臣，敷奏以言；秦漢之輔，上書稱奏。陳政事，獻典儀，上急變，劾愆謬，總謂之奏。奏者，進也。言敷于下，情進于上也。秦始立奏，而法家少文。觀王綰之奏勛德，辭質而義近；李斯之奏驪山，事略而意逕：政無膏潤，形於篇章矣。自漢以來，奏事或稱『上疏』，儒雅繼踵，殊采可觀。若夫賈誼之務農，鼂錯之兵事，匡衡之定郊，王吉之觀禮，温舒之緩獄，谷永之諫仙，理既切至，辭亦通暢，可謂識大體矣。後漢群賢，嘉言罔伏。楊秉耿介於灾异，陳蕃憤懑於尺一，骨鯁得焉；張衡指摘於史職，蔡邕銓列於朝儀，博雅明焉。魏代名臣，文理迭興。若高堂天文，王觀教學，王朗節省，甄毅考課，亦盡節而知治矣。晋氏多難，灾屯流移，劉頌殷勸於時務，温嶠懇惻於費役，并體國之忠規矣。夫奏之爲筆，固以明允篤誠爲本，辨析疏通爲首。强志足以成務，博見足以窮理，酌古御今，治繁總要，此其體也。若乃按劾之奏，所以明憲清國。昔周之太僕，繩愆糾謬；秦之御史，職主文法；漢置中丞，總司按劾；故位在鷙擊，砥礪其氣，必使筆端振風，簡上凝霜者也。觀孔光之奏董賢，則實其奸回；路粹之奏孔融，則誣其釁惡：名儒之與險士，固殊心焉。若夫傅咸勁直，而按辭堅深；劉隗切正，而劾文闊略：各其志也。後之彈事，迭相斟酌，惟新日用，而舊準弗差。然函人欲全，矢人欲傷，術在糾惡，勢必深峭。《詩》刺讒人，投畀豺虎；《禮》疾無禮，方之鸚猩；墨翟非儒，目以豕彘；孟軻譏墨，比諸禽獸；《詩》《禮》儒墨，既其如兹，奏劾嚴文，孰云能免。是以世人爲文，競於詆訶，吹毛取瑕，次骨爲戾，復似善罵，多失折衷。若能闢禮門以懸規，標義路以植矩，然後踰垣者折肱，捷徑者滅趾，何必躁言醜句，詬病爲切哉！是以立範運衡，宜明體要；必使理有典刑，辭有風軌，總法家之式，秉儒家之文，不畏强禦，氣流墨中，無縱詭隨，聲動簡外，乃稱絶席之雄，直方之舉耳。

啓者開也。高宗云『啓乃心，沃朕心』，取其義也。孝景諱啓，故兩漢無稱。至魏國箋記，始云啓聞。奏事之末，或云『謹啓』。自晉來盛啓，用兼表奏。陳政言事，既奏之异條；讓爵謝恩，亦表之别幹。必斂飭入規，促其音節，辨要輕清，文而不侈，亦啓之大略也。又表奏確切，號爲讜言。讜者，偏也。王道有偏，乖乎蕩蕩，（此处有脱字）其偏，故曰讜言也。孝成稱班伯之讜言，貴直也。自漢置八儀，密奏陰陽；皂囊封板，故曰封事。鼂錯受書，還上便宜。後代便宜，多附封事，慎機密也。夫王臣匪躬，必吐謇諤，事舉人存，故無待泛說也。

贊曰：皂飭司直，肅清風禁。筆銳干將，墨含淳酖。雖有次骨，無或膚浸。獻政陳宜，事必勝任。

議對第二十四

『周爰諮謀』，是謂爲議。議之言宜，審事宜也。《易》之《節卦》：『君子以制度數議德行。』《周書》曰：『議事以制，政乃弗迷。』議貴節制，經典之體也。昔管仲稱軒轅有明臺之議，則其來遠矣。洪水之難，堯咨四岳，宅揆之舉，舜疇五人；三代所興，詢及芻蕘。春秋釋宋，魯桓務議。及趙靈胡服，而季父争論；商鞅變法，而甘龍交辨：雖憲章無算，而同异足觀。迄至有漢，始立駁議。駁者，雜也；雜議不純，故曰駁也。自兩漢文明，楷式昭備，藹藹多士，發言盈庭；若賈誼之遍代諸生，可謂捷於議也。至如主父之駁挾弓，安國之辨匈奴，賈捐之之陳于朱崖，劉歆之辨於祖宗：雖質文不同，得事要矣。若乃張敏之斷輕侮，郭躬之議擅誅，程曉之駁校事，司馬芝之議貨錢，何曾蠲出女之科，秦秀定賈充之謚：事實允當，可謂達議體矣。漢世善駁，則應劭爲首；晋代能議，則傅咸爲宗。然仲瑗博古，而銓貫有叙；長虞識治，而屬辭枝繁；及陸機斷議，亦有鋒穎，而諛辭弗剪，頗累文骨：亦各有美，風格存焉。夫動先擬議，明用稽疑，所以敬慎群務，弛張治術。故其大體所資，必樞紐經典，採故實於前代，觀通變於當今；理不謬搖其枝，字不妄舒其藻。又郊祀必洞於禮，戎事必練於兵，田穀先曉於農，斷訟務精於律。然後標以顯義，約以正辭。文以辨潔爲能，不以繁縟爲巧；事以明核爲美，不以深隱爲奇：此綱領之大要也。若不達政體，而舞筆弄文，支離構辭，穿鑿會巧，空騁其華，固爲事實所擯，設得其理，亦爲遊辭所埋矣。昔秦女嫁晋，從文衣之媵，晋人貴媵而賤女；楚珠鬻鄭，爲薰桂之櫝，鄭人買櫝而還珠。若文浮於理，末勝其本，則秦女楚珠，復存於兹矣。

又對策者，應詔而陳政也；射策者，探事而獻説也。言中理準，譬射侯中的，二名雖殊，即議之别體也。古之造士，選事考言。漢文中年，始舉賢良，鼂錯對策，蔚爲舉首。及孝武益明，旁求俊乂，對策者以第一登庸，射策者以甲科入仕，斯固選賢要術也。觀鼂氏之對，證驗古今，辭裁以辨，事通而贍，超升高第，信有徵矣。仲舒之對，祖述《春秋》，本陰陽之化，究列代之變，煩而不慁者，事理明也。公孫之對，簡而未博，然總要以約文，事切而情舉，所以太常居下，而天子擢上也。杜欽之對，略而指事，辭以治宣，不爲文作。及後漢魯丕，辭氣質素，以儒雅中策，獨入高第。凡此五家，并前代之明範也。魏晋已來，稍務文麗，以文紀實，所失已多，及其來選，又稱疾不會，雖欲求文，弗可得也。是以漢飲博士，而雉集乎堂；晋策秀才，而麏興於前：無他怪也，選失之异耳。

夫駁議偏辨，各執异見；對策揄揚，大明治道。使事深於政術，理密於時務，酌三五以鎔世，而非迂緩之高談；馭權變以拯俗，而非刻薄之僞論；風恢恢而能遠，流洋洋而不溢，王庭之美對也。難矣哉，士之爲才也！或練治而寡文，或工文而疎治，對策所選，實屬通才，志足文遠，不其鮮歟！

贊曰：議惟疇政，名實相課。斷理必綱，摛辭無懦。對策王庭，同時酌和。治體高秉，雅謨遠播。

書記第二十五

大舜云：『書用識哉！』所以記時事也。蓋聖賢言辭，總爲之書，書之爲體，主言者也。揚雄曰：『言，心聲也；書，心畫也。聲畫形，君子小人見矣。』故書者，舒也。舒布其言，陳之簡牘，取象於夬，貴在明決而已。三代政暇，文翰頗疎。春秋聘繁，書介彌盛：繞朝贈士會以策，子家與趙宣以書，巫臣之遺子反，子産之諫范宣，詳觀四書，辭若對面。又子服敬叔進弔書于滕君，固知行人挈辭，多被翰墨矣。及七國獻書，詭麗輻輳；漢來筆札，辭氣紛紜。觀史遷之《報任安》，東方朔之《難公孫》，楊惲之《酬會宗》，子雲之《答劉歆》，志氣槃桓，各含殊采，并杼軸乎尺素，抑揚乎寸心。逮後漢書記，則崔瑗尤善。魏之元瑜，號稱翩翩；文舉屬章，半簡必録；休璉好事，留意詞翰：抑其次也。嵇康《絶交》，實志高而文偉矣；趙至叙離，乃少年之激切也。至如陳遵占辭，百封各意；禰衡代書，親疏得宜：斯又尺牘之偏才也。詳總書體，本在盡言，言以散鬱陶，託風采，故宜條暢以任氣，優柔以懌懷。文明從容，亦心聲之獻酬也。若夫尊貴差序，則肅以節文。戰國以前，君臣同書，秦漢立儀，始有表奏。王公國内，亦稱奏書，張敞奏書於膠后，其義美矣。迄至後漢，稍有名品，公府奏記，而郡將奏牋。記之言志，進己志也。牋者，表也，表識其情也。崔寔奏記於公府，則崇讓之德音矣；黄香奏牋於江夏，亦肅恭之遺式矣。公幹牋記，麗而規益，子桓弗論，故世所共遺；若略名取實，則有美於爲詩矣。劉廙謝恩，喻切以至；陸機自理，情周而巧：牋之爲善者也。原牋記之爲式，既上窺乎表，亦下睨乎書，使敬而不懾，簡而無傲，清美以惠其才，彪蔚以文其響，蓋箋記之分也。

夫書記廣大，衣被事體，筆札雜名，古今多品。是以總領黎庶，則有譜籍簿録；醫歷星筮，則有方術占試；申憲述兵，則有律令法制；朝市徵信，則有符契券疏；百官詢事，則有關刺解牒；萬民達志，則有狀列辭諺：并述理於心，著言於翰，雖藝文之末品，而政事之先務也。

故謂譜者，普也。注序世統，事資周普，鄭氏譜《詩》，蓋取乎此。

籍者，借也。歲借民力，條之於版，春秋司籍，即其事也。

簿者，圃也。草木區别，文書類聚，張湯、李廣，爲吏所簿，别情僞也。

録者，領也。古史世本，編以簡策，領其名數，故曰録也。

方者，隅也。醫藥攻病，各有所主，專精一隅，故藥術稱方。

術者，路也。算歷極數，見路乃明，《九章》積微，故以爲術，《淮南》、《萬畢》，皆其類也。

占者，覘也。星辰飛伏，伺候乃見，精觀書雲，故曰占也。

式者，則也。陰陽盈虛，五行消息，變雖不常，而稽之有則也。

律者，中也。黄鐘調起，五音以正，法律馭民，八刑克平，以律爲名，取中正也。

令者，命也。出命申禁，有若自天，管仲下命如流水，使民從也。

法者，象也。兵謀無方，而奇正有象，故曰法也。

制者，裁也。上行於下，如匠之制器也。

符者，孚也。徵召防僞，事資中孚。三代玉瑞，漢世金竹，末代從省，易以書翰矣。

契者，結也。上古純質，結繩執契。今羌胡徵數，負販記緡，其遺風歟！

券者，束也。明白約束，以備情僞，字形半分，故周稱判書。古有鐵券，以堅信誓，王褒髯奴，則券之楷也。

疏者，布也。布置物類，撮題近意，故小券短書，號爲疏也。

關者，閉也。出入由門，關閉當審；庶務在政，通塞應詳。韓非云：『孫亶回聖相也，而關於州部。』蓋謂此也。

刺者，達也。詩人諷刺，周禮三刺，事叙相達，若針之通結矣。

解者，釋也。解釋結滯，徵事以對也。

牒者，葉也。短簡編牒，如葉在枝，温舒截蒲，即其事也。議政未定，故短牒咨謀。牒之尤密，謂之爲籤。籤者，纖密者也。

狀者，貌也。體貌本原，取其事實，先賢表謚，并有行狀，狀之大者也。

列者，陳也。陳列事情，昭然可見也。

辭者，舌端之文，通己於人。子産有辭，諸侯所賴，不可已也。

諺者，直語也。喪言亦不及文，故弔亦稱諺。廛路淺言，有實無華。鄒穆公云『囊滿儲中』，皆其類也。《太誓》曰：『古人有言，牝雞無晨。』《大雅》云『人亦有言』、『惟憂用老』。并上古遺諺，《詩》《書》可引者也。至於陳琳諫辭，稱『掩目捕雀』；潘岳哀辭，稱『掌珠』、『伉儷』：并引俗説而爲文辭者也。夫文辭鄙俚，莫過於諺，而聖賢《詩》

《書》，採以爲談，况踰於此，豈可忽哉！

觀此四條，并書記所總：或事本相通，而文意各异，或全任質素，或雜用文綺，隨事立體，貴乎精要；意少一字則義闕，句長一言則辭妨，并有司之實務，而浮藻之所忽也。然才冠鴻筆，多疎尺牘，譬九方堙之識駿足，而不知毛色牝牡也。言既身文，信亦邦瑞，翰林之士，思理實焉。

贊曰：文藻條流，託在筆札。既馳金相，亦運木訥。萬古聲薦，千里應拔。庶務紛綸，因書乃察。

神思第二十六

古人云：『形在江海之上，心存魏闕之下。』神思之謂也。文之思也，其神遠矣。故寂然凝慮，思接千載；悄焉動容，視通萬里；吟詠之間，吐納珠玉之聲；眉睫之前，卷舒風雲之色：其思理之致乎。故思理爲妙，神與物遊。神居胸臆，而志氣統其關鍵；物沿耳目，而辭令管其樞機。樞機方通，則物無隱貌；關鍵將塞，則神有遁心。是以陶鈞文思，貴在虛静，疏瀹五藏，澡雪精神。積學以儲寶，酌理以富才，研閱以窮照，馴致以懌辭，然後使玄解之宰，尋聲律而定墨；獨照之匠，窺意象而運斤：此蓋馭文之首術，謀篇之大端。夫神思方運，萬塗競萌，規矩虛位，刻鏤無形。登山則情滿於山，觀海則意溢於海，我才之多少，將與風雲而并驅矣。方其搦翰，氣倍辭前，暨乎篇成，半折心始。何則？意翻空而易奇，言徵實而難巧也。是以意授於思，言授於意，密則無際，疏則千里；或理在方寸而求之域表，或義在咫尺而思隔山河。是以秉心養術，無務苦慮；含章司契，不必勞情也。

人之禀才，遲速异分；文之制體，大小殊功：相如含筆而腐毫，揚雄輟翰而驚夢，桓譚疾感於苦思，王充氣竭於思慮，張衡研京以十年，左思練都以一紀，雖有巨文，亦思之緩也。淮南崇朝而賦《騷》，枚皋應詔而成賦，子建援牘如口誦，仲宣舉筆似宿構，阮瑀據案而制書，禰衡當食而草奏，雖有短篇，亦思之速也。若夫駿發之士，心總要術，敏在慮前，應機立斷；覃思之人，情饒歧路，鑒在疑後，研慮方定。機敏故造次而成功，慮疑故愈久而致績。難易雖殊，并資博練。若學淺而空遲，才疎而徒速，以斯成器，未之前聞。是以臨篇綴慮，必有二患：理鬱者苦貧，辭溺者傷亂。然則博見爲饋貧之糧，貫一爲拯亂之藥，博而能一，亦有助乎心力矣。

若情數詭雜，體變遷貿，拙辭或孕於巧義，庸事或萌於新意；視布於麻，雖云未費，杼軸獻功，煥然乃珍。至於思表纖旨，文外曲致，言所不追，筆固知止。至精而後闡其妙，至變而後通其數，伊摯不能言鼎，輪扁不能語斤，其微矣乎！

贊曰：神用象通，情變所孕。物以貌求，心以理應。刻鏤聲律，萌芽比興。結慮司契，垂帷制勝。

體性第二十七

夫情動而言形，理發而文見，蓋沿隱以至顯，因內而符外者也。然才有庸俊，氣有剛柔，學有淺深，習有雅鄭，并情性所鑠，陶染所凝，是以筆區雲譎，文苑波詭者矣。故辭理庸俊，莫能翻其才；風趣剛柔，寧或改其氣；事義淺深，未聞乖其學；體式雅鄭，鮮有反其習：各師成心，其异如面。若總其歸塗，則數窮八體：一曰典雅，二曰遠奥，三曰精約，四曰顯附，五曰繁縟，六曰壯麗，七曰新奇，八曰輕靡。典雅者，鎔式經誥，方軌儒門者也；遠奥者，馥采典文，經理玄宗者也；精約者，核字省句，剖析毫釐者也；顯附者，辭直義暢，切理厭心者也；繁縟者，博喻醲采，煒燁枝派者也；壯麗者，高論宏裁，卓爍异采者也；新奇者，擯古競今，危側趣詭者也；輕靡者，浮文弱植，縹緲附俗者也。故雅與奇反，奥與顯殊，繁與約舛，壯與輕乖，文辭根葉，苑囿其中矣。

若夫八體屢遷，功以學成，才力居中，肇自血氣；氣以實志，志以定言，吐納英華，莫非情性。是以賈生俊發，故文潔而體清；長卿傲誕，故理侈而辭溢；子雲沈寂，故志隱而味深；子政簡易，故趣昭而事博；孟堅雅懿，故裁密而思靡；平子淹通，故慮周而藻密；仲宣躁鋭，故穎出而才果；公幹氣褊，故言壯而情駭；嗣宗俶儻，故響逸而調遠；叔夜俊俠，故興高而采烈；安仁輕敏，故鋒發而韻流；士衡矜重，故情繁而辭隱：觸類以推，表裏必符。豈非自然之恒資，才氣之大略哉！

夫才有天資，學慎始習，斲梓染絲，功在初化，器成綵定，難可翻移。故童子雕琢，必先雅製，沿根討葉，思轉自圓，八體雖殊，會通合數，得其環中，則輻輳相成。故宜摹體以定習，因性以練才，文之司南，用此道也。

贊曰：才性异區，文辭繁詭。辭爲膚根，志實骨髓。雅麗黼黻，淫巧朱紫。習亦凝真，功沿漸靡。

風骨第二十八

《詩》總六義，風冠其首，斯乃化感之本源，志氣之符契也。是以怊悵述情，必始乎風；沈吟鋪辭，莫先於骨。故辭之待骨，如體之樹骸；情之含風，猶形之包氣。結言端直，則文骨成焉；意氣駿爽，則文風清焉。若豐藻克贍，風骨不飛，則振采失鮮，負聲無力。是以綴慮裁篇，務盈守氣，剛健既實，輝光乃新，其爲文用，譬征鳥之使翼也。故練於骨者，析辭必精；深乎風者，述情必顯。捶字堅而難移，結響凝而不滯，此風骨之力也。若瘠義肥辭，繁雜失統，則無骨之徵也。思不環周，索莫乏氣，則無風之驗也。昔潘勗錫魏，思摹經典，群才韜筆，乃其骨髓峻也；相如賦仙，氣號凌雲，蔚爲辭宗，乃其風力遒也。能鑒斯要，可以定文，兹術或違，無務繁采。

故魏文稱：『文以氣爲主，氣之清濁有體，不可力强而致。』故其論孔融，則云『體氣高妙』；論徐幹，則云『時有齊氣』；論劉楨，則云『有逸氣』。公幹亦云：『孔氏卓卓，信含异氣，筆墨之性，殆不可勝。』并重氣之旨也。夫翬翟備色，而翾翥百步，肌豐而力沈也；鷹隼乏采，而翰飛戾天，骨勁而氣猛也。文章才力，有似于此。若風骨乏采，則鷙集翰林，采乏風骨，則雉竄文囿：唯藻耀而高翔，固文筆之鳴鳳也。

若夫鎔鑄經典之範，翔集子史之術，洞曉情變，曲昭文體，然後能孚甲新意，雕畫奇辭。昭體故意新而不亂，曉變故辭奇而不黷。若骨采未圓，風辭未練，而跨略舊規，馳騖新作，雖獲巧意，危敗亦多，豈空結奇字，紕繆而成經矣。《周書》云：『辭尚體要，弗惟好异。』蓋防文濫也。然文術多門，各適所好，明者弗授，學者弗師。於是習華隨侈，流遁忘反。若能確乎正式，使文明以健，則風清骨峻，篇體光華。能研諸慮，何遠之有哉！

贊曰：情與氣偕，辭共體并。文明以健，珪璋乃騁。蔚彼風力，嚴此骨鯁。才鋒峻立，符采克炳。

通變第二十九

夫設文之體有常，變文之數無方，何以明其然耶？凡詩賦書記，名理相因，此有常之體也；文辭氣力，通變則久，此無方之數也。名理有常，體必資於故實；通變無方，數必酌於新聲：故能騁無窮之路，飲不竭之源。然綆短者銜渴，足疲者輟塗，非文理之數盡，乃通變之術疎耳。故論文之方，譬諸草木，根幹麗土而同性，臭味晞陽而異品矣。

是以九代詠歌，志合文則。黃歌『斷竹』，質之至也；唐歌在昔，則廣於黃世；虞歌『卿雲』，則文於唐時；夏歌『雕墻』，縟於虞代；商周篇什，麗於夏年。至於序志述時，其揆一也。暨楚之騷文，矩式周人；漢之賦頌，影寫楚世；魏之策制，顧慕漢風；晋之辭章，瞻望魏采。搉而論之，則黃唐淳而質，虞夏質而辨，商周麗而雅，楚漢侈而艷，魏晉淺而綺，宋初訛而新。從質及訛，彌近彌澹，何則？競今疏古，風味氣衰也。今才穎之士，刻意學文，多略漢篇，師範宋集，雖古今備閱，然近附而遠疏矣。夫青生於藍，絳生於蒨，雖踰本色，不能復化。桓君山云：『予見新進麗文，美而無採；及見劉揚言辭，常輒有得。』此其驗也。故練青濯絳，必歸藍蒨；矯訛翻淺，還宗經誥。斯斟酌乎質文之間，而㯟括乎雅俗之際，可與言通變矣。

夫誇張聲貌，則漢初已極，自茲厥後，循環相因，雖軒翥出轍，而終入籠內。枚乘《七發》云：『通望兮東海，虹洞兮蒼天。』相如《上林》云：『視之無端，察之無涯，日出東沼，月生西陂。』馬融《廣成》云：『天地虹洞，固無端涯，大明出東，月生西陂。』揚雄《校獵》云：『出入日月，天與地沓。』張衡《西京》云：『日月於是乎出入，象扶桑於濛汜。』此并廣寓極狀，而五家如一。諸如此類，莫不相循，參伍因革，通變之數也。

是以規略文統，宜宏大體，先博覽以精閱，總綱紀而攝契；然後拓衢路，置關鍵，長轡遠馭，從容按節，憑情以會通，負氣以適變，采如宛虹之奮鬐，光若長離之振翼，乃穎脫之文矣。若乃齷齪於偏解，矜激乎一致，此庭間之迴驟，豈萬里之逸步哉！

贊曰：文律運周，日新其業。變則其久，通則不乏。趨時必果，乘機無怯。望今制奇，參古定法。

定勢第三十

夫情致异區，文變殊術，莫不因情立體，即體成勢也。勢者，乘利而爲制也。如機發矢直，澗曲湍回，自然之趣也。圓者規體，其勢也自轉；方者矩形，其勢也自安：文章體勢，如斯而已。是以模經爲式者，自入典雅之懿；效《騷》命篇者，必歸艷逸之華；綜意淺切者，類乏醞藉；斷辭辨約者，率乖繁縟：譬激水不漪，槁木無陰，自然之勢也。

是以繪事圖色，文辭盡情，色糅而犬馬殊形，情交而雅俗异勢，鎔範所擬，各有司匠，雖無嚴郛，難得踰越。然淵乎文者，并總群勢；奇正雖反，必兼解以俱通；剛柔雖殊，必隨時而適用。若愛典而惡華，則兼通之理偏，似夏人争弓矢，執一不可以獨射也；若雅鄭而共篇，則總一之勢離，是楚人鬻矛譽楯，兩難得而俱售也。是以括囊雜體，功在銓別，宮商朱紫，隨勢各配。章表奏議，則準的乎典雅；賦頌歌詩，則羽儀乎清麗；符檄書移，則楷式於明斷；史論序注，則師範於核要；箴銘碑誄，則體制於弘深；連珠七辭，則從事於巧艷：此循體而成勢，隨變而立功者也。雖復契會相參，節文互雜，譬五色之錦，各以本采爲地矣。

桓譚稱：『文家各有所慕，或好浮華而不知實核，或美衆多而不見要約。』陳思亦云：『世之作者，或好煩文博採，深沈其旨者；或好離言辨白，分毫析釐者：所習不同，所務各异。』言勢殊也。劉楨云：『文之體指實强弱，使其辭已盡而勢有餘，天下一人耳，不可得也。』公幹所談，頗亦兼氣。然文之任勢，勢有剛柔，不必壯言慷慨，乃稱勢也。

又陸雲自稱：『往日論文，先辭而後情，尚勢而不取悦澤，及張公論文，則欲宗其言。』夫情固先辭，勢實須澤，可謂先迷後能從善矣。

自近代辭人，率好詭巧，原其爲體，訛勢所變，厭黷舊式，故穿鑿取新，察其訛意，似難而實無他術也，反正而已。故文反正爲乏，辭反正爲奇。效奇之法，必顛倒文句，上字而抑下，中辭而出外，回互不常，則新色耳。夫通衢夷坦，而多行捷徑者，趨近故也；正文明白，而常務反言者，適俗故也。然密會者以意新得巧，苟異者以失體成怪。舊練之才，則執正以馭奇；新學之鋭，則逐奇而失正；勢流不反，則文體遂弊。秉兹情術，可無思耶！

贊曰：形生勢成，始末相承。湍迴似規，矢激如繩。因利騁節，情采自凝。枉轡學步，力止襄陵。

情采第三十一

聖賢書辭，總稱文章，非采而何？夫水性虚而淪漪結，木體實而花萼振，文附質也。虎豹無文，則鞟同犬羊；犀兕有皮，而色資丹漆，質待文也。若乃綜述性靈，敷寫器象，鏤心鳥迹之中，織辭魚網之上，其爲彪炳，縟采名矣。故立文之道，其理有三：一曰形文，五色是也；二曰聲文，五音是也；三曰情文，五性是也。五色雜而成黼黻，五音比而成韶夏，五情發而爲辭章，神理之數也。《孝經》垂典，喪言不文；故知君子常言，未嘗質也。老子疾僞，故稱『美言不信』；而五千精妙，則非弃美矣。莊周云『辯雕萬物』，謂藻飾也。韓非云『艷采辯説』，謂綺麗也。綺麗以艷説，藻飾以辯雕，文辭之變，於斯極矣。研味李老，則知文質附乎性情；詳覽《莊》、《韓》，則見華實過乎淫侈。若擇源於涇渭之流，按轡於邪正之路，亦可以馭文采矣。夫鉛黛所以飾容，而盼倩生於淑姿；文采所以飾言，而辯麗本於情性。故情者，文之經，辭者，理之緯；經正而後緯成，理定而後辭暢，此立文之本源也。

昔詩人什篇，爲情而造文；辭人賦頌，爲文而造情。何以明其然？蓋風雅之興，志思蓄憤，而吟詠情性，以諷其上，此爲情而造文也；諸子之徒，心非鬱陶，苟馳夸飾，鬻聲釣世，此爲文而造情也。故爲情者要約而寫真，爲文者淫麗而煩濫。而後之作者，採濫忽真，遠弃風雅，近師辭賦，故體情之製日疎，逐文之篇愈盛。故有志深軒冕，而泛詠皋壤；心纏幾務，而虛述人外。真宰弗存，翩其反矣。夫桃李不言而成蹊，有實存也；男子樹蘭而不芳，無其情也。夫以草木之微，依情待實；況乎文章，述志爲本，言與志反，文豈足徵？

是以聯辭結采，將欲明經，采濫辭詭，則心理愈翳。固知翠綸桂餌，反所以失魚。『言隱榮華』，殆謂此也。是以『衣錦褧衣』，惡文太章；賁象窮白，貴乎反本。夫能設謨以位理，擬地以置心，心定而後結音，理正而後摛藻，使文不滅質，博不溺心，正采耀乎朱藍，間色屏於紅紫，乃可謂雕琢其章，彬彬君子矣。

贊曰：言以文遠，誠哉斯驗。心術既形，英華乃贍。吴錦好渝，舜英徒艷。繁采寡情，味之必厭。

鎔裁第三十二

情理設位，文采行乎其中。剛柔以立本，變通以趨時。立本有體，意或偏長；趨時無方，辭或繁雜。蹊要所司，職在鎔裁，檃括情理，矯揉文采也。規範本體謂之鎔，剪截浮詞謂之裁。裁則蕪穢不生，鎔則綱領昭暢，譬繩墨之審分，斧斤之斵削矣。駢拇枝指，由侈於性；附贅懸肬，實侈於形。二意兩出，義之駢枝也；同辭重句，文之肬贅也。

凡思緒初發，辭采苦雜，心非權衡，勢必輕重。是以草創鴻筆，先標三準：履端於始，則設情以位體；舉正於中，則酌事以取類；歸餘於終，則撮辭以舉要。然後舒華布實，獻替節文，繩墨以外，美材既斵，故能首尾圓合，條貫統序。若術不素定，而委心逐辭，异端叢至，駢贅必多。

故三準既定，次討字句。句有可削，足見其疏；字不得減，乃知其密。精論要語，極略之體；游心竄句，極繁之體。謂繁與略，隨分所好。引而申之，則兩句敷爲一章；約以貫之，則一章删成兩句。思贍者善敷，才核者善删。善删者字去而意留，善敷者辭殊而意顯。字删而意闕，則短乏而非核；辭敷而言重，則蕪穢而非贍。

昔謝艾、王濟，西河文士，張俊以爲『艾繁而不可删，濟略而不可益』，若二子者，可謂練鎔裁而曉繁略矣。至如士衡才優，而綴辭尤繁；士龍思劣，而雅好清省。及雲之論機，亟恨其多，而稱『清新相接，不以爲病』，蓋崇友于耳。夫美錦製衣，脩短有度，雖玩其采，不倍領袖，巧猶難繁，况在乎拙？而《文賦》以爲『榛楛勿剪，庸音足曲』，其識非不鑒，乃情苦芟繁也。夫百節成體，共資榮衛，萬趣會文，不離辭情。若情周而不繁，辭運而不濫，非夫鎔裁，何以行之乎？

贊曰：篇章户牖，左右相瞰。辭如川流，溢則泛濫。權衡損益，斟酌濃淡。芟繁剪穢，弛於負擔。

聲律第三十三

夫音律所始，本於人聲者也。聲合宮商，肇自血氣，先王因之，以制樂歌。故知器寫人聲，聲非學器者也。故言語者，文章神明樞機，吐納律呂，脣吻而已。古之教歌，先揆以法，使疾呼中宮，徐呼中徵。夫商徵響高，宮羽聲下，抗喉矯舌之差，攢脣激齒之异，廉肉相準，皎然可分。今操琴不調，必知改張，摘文乖張，而不識所調。響在彼弦，乃得克諧，聲萌我心，更失和律，其故何哉？良由內聽難爲聰也。故外聽之易，弦以手定，內聽之難，聲與心紛：可以數求，難以辭逐。凡聲有飛沈，響有雙疊，雙聲隔字而每舛，疊韵雜句而必睽；沈則響發而斷，飛則聲颺不還：并轆轤交往，逆鱗相比，迂其際會，則往蹇來連，其爲疾病，亦文家之吃也。夫吃文爲患，生於好詭，逐新趣异，故喉唇糾紛，將欲解結，務在剛斷。左礙而尋右，末滯而討前，則聲轉於吻，玲玲如振玉；辭靡於耳，纍纍如貫珠矣。是以聲畫妍蚩，寄在吟詠，吟詠滋味，流於字句。氣力窮於和韻。异音相從謂之和，同聲相應謂之韻。韻氣一定，則餘聲易遣；和體抑揚，故遺響難契。屬筆易巧，選和至難，綴文難精，而作韻甚易。雖纖意曲變，非可縷言，然振其大綱，不出兹論。

若夫宫商大和，譬諸吹籥；翻迴取均，頗似調瑟。瑟資移柱，故有時而乖貳；籥含定管，故無往而不壹。陳思、潘岳，吹籥之調也；陸機、左思，瑟柱之和也。概舉而推，可以類見。

又詩人綜韻，率多清切，《楚辭》辭楚，故訛韻實繁。及張華論韻，謂士衡多楚，《文賦》亦稱知楚不易，可謂銜靈均之聲餘，失黄鍾之正響也。凡切韻之動，勢若轉圜；訛音之作，甚於枘方。免乎枘方，則無大過矣。練才洞鑒，剖字鑽響，識疎闊略，隨音所遇，若長風之過籟，南郭之吹竽耳。古之佩玉，左宮右徵，以節其步，聲不失序。音以律文，其可忘哉？

贊曰：標情務遠，比音則近。吹律胸臆，調鍾脣吻。聲得鹽梅，響滑榆槿。割弃支離，宮商難隱。

章句第三十四

夫設情有宅，置言有位；宅情曰章，位言曰句。故章者，明也；句者，局也。局言者，聯字以分疆；明情者，總義以包體。區畛相異，而衢路交通矣。夫人之立言，因字而生句，積句而成章，積章而成篇。篇之彪炳，章無疵也；章之明靡，句無玷也；句之清英，字不妄也。振本而末從，知一而萬畢矣。

夫裁文匠筆，篇有大小；離章合句，調有緩急；隨變適會，莫見定準。句司數字，待相接以爲用；章總一義，須意窮而成體。其控引情理，送迎際會，譬舞容迴環，而有綴兆之位；歌聲靡曼，而有抗墜之節也。尋詩人擬喻，雖斷章取義，然章句在篇，如繭之抽緒，原始要終，體必鱗次。啓行之辭，逆萌中篇之意；絶筆之言，追勝前句之旨：故能外文綺交，内義脉注，跗萼相銜，首尾一體。若辭失其朋，則羈旅而無友；事乖其次，則飄寓而不安。是以搜句忌於顛倒，裁章貴於順序，斯固情趣之指歸，文筆之同致也。若夫筆句無常，而字有條數，四字密而不促，六字格而非緩，或變之以三五，蓋應機之權節也。至於詩頌大體，以四言爲正，唯《祈父》《肇禋》，以二言爲句。尋二言肇於黄世，《竹彈》之謡是也；三言興於虞時，《元首》之詩是也；四言廣於夏年，《洛汭之歌》是也；五言見於周代，《行露》之章是也；六言七言，雜出《詩》、《騷》；而體之篇，成於兩漢：情數運周，隨時代用矣。

若乃改韻從調，所以節文辭氣，賈誼、枚乘，兩韻輒易；劉歆、桓譚，百句不遷：亦各有其志也。昔魏武論賦，嫌於積韻，而善於資代。

陸雲亦稱『四言轉句，以四句爲佳』。觀彼制韻，志同枚、賈。然兩韻輒易，則聲韻微躁；百句不遷，則脣吻告勞；妙才激揚，雖觸思利貞，曷若折之中和，庶保無咎。

又詩人以『兮』字入於句限，《楚辭》用之，字出句外。尋兮字成句，乃語助餘聲，舜詠《南風》，用之久矣，而魏武弗好，豈不以無益文義耶？至於『夫惟蓋故』者，發端之首唱；『之而於以』者，乃札句之舊體；『乎哉矣也』，亦送末之常科。據事似閑，在用實切。巧者迴運，彌縫文體，將令數句之外，得一字之助矣。外字難謬，况章句歟。

贊曰：斷章有檢，積句不恒。理資配主，辭忌失朋。環情草調，宛轉相騰。離合同异，以盡厥能。

麗辭第三十五

造化賦形，支體必雙，神理爲用，事不孤立。夫心生文辭，運裁百慮，高下相須，自然成對。唐虞之世，辭未極文，而皋陶贊云：『罪疑惟輕，功疑惟重。』益陳謨云：『滿招損，謙受益。』豈營麗辭？率然對爾。《易》之《文》、《繫》，聖人之妙思也。序《乾》四德，則句句相銜；龍虎類感，則字字相儷；乾坤易簡，則宛轉相承；日月往來，則隔行懸合：雖句字或殊，而偶意一也。至於詩人偶章，大夫聯辭，奇偶適變，不勞經營。自揚馬張蔡，崇盛麗辭，如宋畫吳冶，刻形鏤法，麗句與深采并流，偶意共逸韻俱發。至魏晉群才，析句彌密，聯字合趣，剖毫析釐。然契機者入巧，浮假者無功。

故麗辭之體，凡有四對：言對爲易，事對爲難，反對爲優，正對爲劣。言對者，雙比空辭者也；事對者，并舉人驗者也；反對者，理殊趣合者也；正對者，事异義同者也。長卿《上林賦》云：『修容乎禮園，翱翔乎書圃。』此言對之類也。宋玉《神女賦》云：『毛嬙鄣袂，不足程式；西施掩面，比之無色。』此事對之類也。仲宣《登樓》云：『鍾儀幽而楚奏，莊舄顯而越吟。』此反對之類也。孟陽《七哀》云：『漢祖想枌榆，光武思白水。』此正對之類也。凡偶辭胸臆，言對所以爲易也；徵人之學，事對所以爲難也；幽顯同志，反對所以爲優也；并貴共心，正對所以爲劣也。又以事對，各有反正，指類而求，萬條自昭然矣。

張華詩稱『遊雁比翼翔，歸鴻知接翮』；劉琨詩言『宣尼悲獲麟，西狩泣孔丘』；若斯重出，即對句之駢枝也。

是以言對爲美，貴在精巧；事對所先，務在允當。若兩事相配，而優劣不均，是驥在左驂，駑爲右服也。若夫事或孤立，莫與相偶，是夔之一足，跉踔而行也。若氣無奇類，文乏异采，碌碌麗辭，則昏睡耳目。必使理圓事密，聯璧其章；迭用奇偶，節以雜佩，乃其貴耳。類此而思，理自見也。

贊曰：體植必兩，辭動有配。左提右挈，精味兼載。炳爍聯華，鏡静含態。玉潤雙流，如彼珩珮。

比興第三十六

《詩》文弘奥，包韞六義，毛公述《傳》，獨標『興體』，豈不以『風』通而『賦』同，『比』顯而『興』隱哉？故比者，附也；興者，起也。附理者切類以指事，起情者依微以擬議。起情故興體以立，附理故比例以生。比則畜憤以斥言，興則環譬以記諷。蓋隨時之義不一，故詩人之志有二也。

觀夫興之託諭，婉而成章，稱名也小，取類也大。關雎有別，故后妃方德；尸鳩貞一，故夫人象義。義取其貞，無從于夷禽；德貴其別，不嫌於鷙鳥：明而未融，故發注而後見也。且何謂爲比？蓋寫物以附意，颺言以切事者也。故金錫以喻明德，珪璋以譬秀民，螟蛉以類教誨，蜩螗以寫號呼，澣衣以擬心憂，席卷以方志固，凡斯切象，皆比義也。至如『麻衣如雪』，『兩驂如舞』，若斯之類，皆比類者也。楚襄信讒，而三閭忠烈，依《詩》製《騷》，諷兼比興。炎漢雖盛，而辭人夸毗，詩刺道喪，故興義銷亡。於是賦頌先鳴，故比體雲構，紛紜雜遝，信舊章矣。

夫比之爲義，取類不常：或喻於聲，或方於貌，或擬於心，或譬於事。宋玉《高唐》云：『纖條悲鳴，聲似竽籟。』此比聲之類也；枚乘《菟園》云：『猋猋紛紛，若塵埃之間白雲。』此則比貌之類也；賈生《鵩賦》云：『禍之與福，何异糾纆。』此以物比理者也；王褒《洞簫》云：『優柔溫潤，如慈父之畜子也。』此以聲比心者也；馬融《長笛》云：『繁縟絡繹，范蔡之説也。』此以響比辯者也；張衡《南都》云：『起鄭舞，蜜曳緒。』此以容比物者也。若斯之類，辭賦所先，日用乎比，月忘乎興，習小而弃大，所以文謝於周人也。至於揚班之倫，曹劉以下，圖狀山川，影寫雲物，莫不織綜比義，以敷其華，驚聽回視，資此效績。又安仁《螢賦》云『流金在沙』，季鷹《雜詩》云『青條若總翠』，皆其義者也。故比類雖繁，以切至爲貴，若刻鵠類鶩，則無所取焉。

贊曰：詩人比興，觸物圓覽。物雖胡越，合則肝膽。擬容取心，斷辭必敢。攢雜詠歌，如川之渙。

夸飾第三十七

夫形而上者謂之道，形而下者謂之器。神道難摹，精言不能追其極；形器易寫，壯辭可得喻其真；才非短長，理自難易耳。故自天地以降，豫入聲貌，文辭所被，夸飾恒存。雖《詩》、《書》雅言，風格訓世，事必宜廣，文亦過焉。是以言峻則嵩高極天，論狹則河不容舠，説多則子孫千億，稱少則民靡孑遺；襄陵舉滔天之目，倒戈立漂杵之論；辭雖已甚，其義無害也。且夫鴞音之醜，豈有泮林而變好；荼味之苦，寧以周原而成飴：并意深褒讚，故義成矯飾。大聖所録，以垂憲章，孟軻所云『説詩者不以文害辭，不以辭害意』也。

自宋玉、景差，夸飾始盛。相如憑風，詭濫愈甚：故上林之館，奔星與宛虹入軒；從禽之盛，飛廉與鷦鷯俱獲。及揚雄《甘泉》，酌其餘波，語瓌奇則假珍於玉樹，言峻極則顛墜於鬼神。至《東都》之比目，《西京》之海若，驗理則理無不驗，窮飾則飾猶未窮矣。又子雲《羽獵》，鞭宓妃以饟屈原；張衡《羽獵》，困玄冥於朔野。孌彼洛神，既非罔兩；惟此水師，亦非魑魅。而虛用濫形，不其疎乎！此欲夸其威而飾其事義睽刺也。至如氣貌山海，體勢宫殿，嵯峨揭業，熠耀焜煌之狀，光采煒煒而欲然，聲貌岌岌其將動矣。莫不因夸以成狀，沿飾而得奇也。於是後進之才，奬氣挾聲，軒翥而欲奮飛，騰擲而羞跼步。辭入煒燁，春藻不能程其艷；言在萎絶，寒谷未足成其凋；談歡則字與笑并，論慼則聲共泣偕，信可以發藴而飛滯，披瞽而駭聾矣。

然飾窮其要，則心聲鋒起，夸過其理，則名實兩乖。若能酌《詩》、

《書》之曠旨，翦揚馬之甚泰，使夸而有節，飾而不誣，亦可謂之懿也。

贊曰：夸飾在用，文豈循檢。言必鵬運，氣靡鴻漸。倒海探珠，傾崐取琰。曠而不溢，奢而無玷。

事類第三十八

事類者，蓋文章之外，據事以類義，援古以證今者也。昔文王繇《易》，剖判爻位，《既濟》九三，遠引高宗之伐；《明夷》六五，近書箕子之貞：斯略舉人事，以徵義者也。至若胤征羲和，陳《政典》之訓；盤庚誥民，叙遲任之言：此全引成辭，以明理者也。然則明理引乎成辭，徵義舉乎人事，乃聖賢之鴻謨，經籍之通矩也。《大畜》之象，『君子以多識前言往行』，亦有包於文矣。

觀夫屈宋屬篇，號依詩人，雖引古事，而莫取舊辭。唯賈誼《鵩賦》，始用鶡冠之説；相如《上林》，撮引李斯之書：此萬分之一會也。及揚雄《百官箴》，頗酌於《詩》、《書》；劉歆《遂初賦》，歷叙於紀傳：

漸漸綜採矣。至於崔班張蔡，遂捃摭經史，華實布濩，因書立功，皆後人之範式也。

夫薑桂同地，辛在本性；文章由學，能在天資。才自内發，學以外成，有學飽而才餒，有才富而學貧。學貧者，迍邅於事義；才餒者，劬勞於辭情：此内外之殊分也。是以屬意立文，心與筆謀，才爲盟主，學爲輔佐，主佐合德，文采必霸，才學褊狹，雖美少功。夫以子雲之才，而自奏不學，及觀書石室，乃成鴻采。表裏相資，古今一也。故魏武稱張子之文爲拙，然學問膚淺，所見不博，專拾掇崔杜小文，所作不可悉難，難便不知所出。斯則寡聞之病也。夫經典沈深，載籍浩瀚，實群言之奥區，而才思之神皋也。揚班以下，莫不取資，任力耕耨，縱意漁獵，操刀能割，必列膏腴，是以將贍才力，務在博見，狐腋非一皮能温，雞蹠必數千而飽矣。是以綜學在博，取事貴約，校練務精，捃理須核，衆美輻輳，表裏發揮。劉劭《趙都賦》云：『公子之客，叱勁楚令歃盟；管庫隸臣，呵强秦使鼓缶。』用事如斯，可稱理得而義要矣。故事得其要，雖小成績，譬寸轄制輪，尺樞運關也。或微言美事，置於閑散，是綴金翠於足脛，靚粉黛於胸臆也。凡用舊合機，不啻自其口出，引事乖謬，雖千載而爲瑕。

陳思，群才之英也，《報孔璋書》云：『葛天氏之樂，千人唱，萬人和，聽者因以蔑《韶》、《夏》矣。』此引事之實謬也。按葛天之歌，唱和三人而已。相如《上林》云：『奏陶唐之舞，聽葛天之歌，千人唱，萬人和。』唱和千萬人，乃相如接人。然而濫侈葛天，推三成萬者，信賦妄書，致斯謬也。陸機《園葵》詩云：『庇足同一智，生理合异端。』夫葵能衛足，事譏鮑莊；葛藟庇根，辭自樂豫。若譬葛爲葵，則引事爲謬；若謂庇勝衛，則改事失真：斯又不精之患。夫以子建明練，士衡沈密，而不免於謬。曹仁之謬高唐，又曷足以嘲哉？夫山木爲良匠所度，經書爲文士所擇，木美而定於斧斤，事美而制於刀筆，研思之士，無慚匠石矣。

贊曰：經籍深富，辭理遐亘。皜如江海，鬱若崐鄧。文梓共採，瓊珠交贈。用人若己，古來無懵。

練字第三十九

夫文象列而結繩移，鳥迹明而書契作，斯乃言語之體貌，而文章之宅宇也。蒼頡造之，鬼哭粟飛；黄帝用之，官治民察。先王聲教，書必同文，輶軒之使，紀言殊俗，所以一字體，總异音。《周禮》保氏，掌教六書。秦滅舊章，以吏爲師。乃李斯删籀而秦篆興，程邈造隸而古文廢。漢初草律，明著厥法，太史學童，教試六體；又吏民上書，字謬輒劾。是以馬字缺畫，而石建懼死，雖云性慎，亦時重文也。至孝武之世，則相如撰篇。及宣成二帝，徵集小學，張敞以正讀傳業，揚雄以奇字纂訓，并貫練雅頌，總閲音義，鴻筆之徒，莫不洞曉。且多賦京苑，假借形聲，是以前漢小學，率多瑋字，非獨制异，乃共曉難也。暨乎後漢，小學轉疎，複文隱訓，臧否大半。及魏代綴藻，則字有常檢，追觀漢作，翻成阻奧。故陳思稱揚馬之作，趣幽旨深，讀者非師傳不能析其辭，非博學不能綜其理。豈直才懸，抑亦字隱。自晉來用字，率從簡易，時并習易，人誰取難。今一字詭异，則群句震驚，三人弗識，則將成字妖矣。後世所同曉者，雖難斯易，時所共廢，雖易斯難，趣舍之間，不可不察。

夫《爾雅》者，孔徒之所纂，而《詩》、《書》之襟帶也；《倉頡》者，李斯之所輯，而鳥籀之遺體也。《雅》以淵源詁訓，《頡》以苑囿奇文，异體相資，如左右肩股，該舊而知新，亦可以屬文。若夫義訓古今，興廢殊用，字形單複，妍媸异體，心既託聲於言，言亦寄形於字，諷誦則績在宫商，臨文則能歸字形矣。

是以綴字屬篇，必須練擇：一避詭异，二省聯邊，三權重出，四調單複。詭異者，字體瑰怪者也。曹攄詩稱『豈不願斯遊，褊心惡呦呶』。兩字詭異，大疵美篇，况乃過此，其可觀乎！聯邊者，半字同文者也。狀貌山川，古今咸用，施於常文，則齟齬爲瑕，如不獲免，可至三接，三接之外，其字林乎！重出者，同字相犯者也。《詩》、《騷》適會，而近世忌同，若兩字俱要，則寧在相犯。故善爲文者，富於萬篇，貧於一字，一字非少，相避爲難也。單複者，字形肥瘠者也。瘠字累句，則纖疎而行劣；肥字積文，則黯黕而篇闇。善酌字者，參伍單複，磊落如珠矣。凡此四條，雖文不必有，而體例不無。若值而莫悟，則非精解。

至於經典隱曖，方册紛綸，簡蠹帛裂，三寫易字，或以音訛，或以文變。子思弟子，『於穆不祀』者，音訛之异也。晉之史記，『三豕渡河』，文變之謬也。《尚書大傳》有『別風淮雨』，《帝王世紀》云『列風淫雨』。『别』、『列』、『淮』、『淫』，字似潛移。『淫』、『列』義當而不奇，『淮』、『别』理乖而新异。傅毅制誄，已用『淮雨』，固知愛奇之心，古今一也。史之闕文，聖人所慎，若依義弃奇，則可與正文字矣。

贊曰：篆隸相鎔，蒼雅品訓。古今殊迹，妍媸异分。字靡异流，文阻難運。聲畫昭精，墨采騰奮。

隱秀第四十

夫心術之動遠矣，文情之變深矣，源奥而派生，根盛而穎峻，是以文之英蕤，有秀有隱。隱也者，文外之重旨者也；秀也者，篇中之獨拔者也。隱以複意爲工，秀以卓絶爲巧，斯乃舊章之懿績，才情之嘉會也。夫隱之爲體，義主文外，祕響傍通，伏采潛發，譬爻象之變互體，川瀆之韞珠玉也。故互體變爻，而化成四象；珠玉潛水，而瀾表方圓。始正而末奇，内明而外潤，使玩之者無窮，味之者不厭矣。彼波起辭間，是謂之秀，纖手麗音，宛乎逸態，若遠山之浮煙靄，孌女之靚容華。然煙靄天成，不勞於粧點；容華格定，無待於裁鎔；深淺而各奇，穠纖而俱妙，若揮之則有餘，而攬之則不足矣。

夫立意之士，務欲造奇，每馳心於玄默之表；工辭之人，必欲臻美，恒溺思於佳麗之鄉。嘔心吐膽，不足語窮；煅歲煉年，奚能喻苦？故能藏穎詞間，昏迷於庸目；露鋒文外，驚絶乎妙心。使醞藉者蓄隱而意愉，英鋭者抱秀而心悦，譬諸裁雲製霞，不讓乎天工，斲卉刻葩，有同乎神匠矣。若篇中乏隱，等宿儒之無學，或一叩而語窮；句間鮮秀，如巨室之少珍，若百詰而色沮：斯并不足於才思，而亦有媿於文辭矣。將欲徵隱，聊可指篇：古詩之離别，樂府之長城，詞怨旨深，而復兼乎比興。陳思之《黄雀》，公幹之《青松》，格剛才勁，而并長於諷諭；叔夜之□□，嗣宗之□□，境玄思澹，而獨得乎優閑；士衡之□□，彭澤之□□，心密語澄，而俱適乎□□。如欲辨秀，亦惟摘句：『常恐秋節至，涼飇奪炎熱』，意悽而詞婉，此匹婦之無聊也；『臨河濯長纓，念子悵悠悠』，志高而言壯，此丈夫之不遂也；『東西安所之，徘徊以旁皇』，心孤而情懼，此閨房之悲極也；『朔風動秋草，邊馬有歸心』，氣寒而事傷，此羈旅之怨曲也。

凡文集勝篇，不盈十一；篇章秀句，裁可百二：并思合而自逢，非研慮之所求也。或有晦塞爲深，雖奥非隱，雕削取巧，雖美非秀矣。故自然會妙，譬卉木之耀英華；潤色取美，譬繒帛之染朱綠。朱綠染繒，深而繁鮮；英華曜樹，淺而煒燁：秀句所以照文苑，蓋以此也。

贊曰：深文隱蔚，餘味曲包。辭生互體，有似變爻。言之秀矣，萬慮一交。動心驚耳，逸響笙匏。

指瑕第四十一

管仲有言：無翼而飛者聲也，無根而固者情也。然則聲不假翼，其飛甚易；情不待根，其固匪難：以之垂文，可不慎歟！古來文才，异世爭驅。或逸才以爽迅，或精思以纖密，而慮動難圓，鮮無瑕病。陳思之文，群才之俊也，而《武帝誄》云『尊靈永蟄』，《明帝頌》云『聖體浮輕』，浮輕有似於胡蝶，永蟄頗疑於昆蟲，施之尊極，豈其當乎？左思《七諷》，説孝而不從，反道若斯，餘不足觀矣。潘岳爲才，善於哀文，然悲内兄，則云『感口澤』，傷弱子，則云『心如疑』。《禮》文在尊極，而施之下流，辭雖足哀，義斯替矣。若夫君子擬人必於其倫，而崔瑗之誄李公，比行於黄虞，向秀之賦嵇生，方罪於李斯；與其失也，雖寧僭無濫，然高厚之詩，不類甚矣。凡巧言易標，拙辭難隱，斯言之玷，實深白圭，繁例難載，故略舉四條。

若夫立文之道，惟字與義。字以訓正，義以理宣。而晋末篇章，依希其旨，始有『賞際奇至』之言，終無『撫叩酬即』之語，每單舉一字，指以爲情。夫賞訓錫賚，豈關心解；撫訓執握，何預情理？《雅》《頌》未聞，漢魏莫用，懸領似如可辯，課文了不成義：斯實情訛之所變，文澆之致弊。而宋來才英，未之或改，舊染成俗，非一朝也。近代辭人，率多猜忌，至乃比語求蚩，反音取瑕，雖不屑於古，而有擇於今焉。又製同他文，理宜刪革，若排人美辭，以爲己力，寶玉大弓，終非其有。全寫則揭篋，傍采則探囊，然世遠者太輕，時同者爲尤矣。

若夫注解爲書，所以明正事理；然謬於研求，或率意而斷。《西京賦》稱『中黃、育、獲』之疇，而薛綜謬注謂之『閹尹』，是不聞執雕虎之人也。又《周禮》井賦，舊有『疋馬』；而應劭釋疋，或量首數蹄，斯豈辯物之要哉？原夫古之正名，車兩而馬疋，疋兩稱目，以并耦爲用。蓋車貳佐乘，馬儷驂服，服乘不隻，故名號必雙，名號一正，則雖單爲疋矣。疋夫疋婦，亦配義矣。夫車馬小義，而歷代莫悟；辭賦近事，而千里致差；況鑽灼經典，能不謬哉！夫辯言而數筌蹄，選勇而驅閹尹，失理太甚，故舉以爲戒。丹青初炳而後渝，文章歲久而彌光，若能隱括於一朝，可以無慚於千載也。

贊曰：羿氏舛射，東野敗駕。雖有儁才，謬則多謝。斯言一玷，千載弗化。令章靡疚，亦善之亞。

養氣第四十二

昔王充著述，制《養氣》之篇，驗己而作，豈虛造哉！夫耳目鼻口，生之役也；心慮言辭，神之用也。率志委和，則理融而情暢；鑽礪過分，則神疲而氣衰：此性情之數也。夫三皇辭質，心絕於道華；帝世始文，言貴於敷奏；三代春秋，雖沿世彌縟，并適分胸臆，非牽課才外也。戰代枝詐，攻奇飾説；漢世迄今，辭務日新，争光鬻采，慮亦竭矣。故淳言以比澆辭，文質懸乎千載；率志以方竭情，勞逸差於萬里；古人所以餘裕，後進所以莫遑也。

凡童少鑒淺而志盛，長艾識堅而氣衰，志盛者思鋭以勝勞，氣衰者慮密以傷神，斯實中人之常資，歲時之大較也。若夫器分有限，智用無涯，或慚鳧企鶴，瀝辭鐫思，於是精氣內銷，有似尾閭之波；神志外傷，同乎牛山之木；怛惕之盛疾，亦可推矣。至如仲任置硯以綜述，叔通懷筆以專業，既暄之以歲序，又煎之以日時，是以曹公懼爲文之傷命，陸雲嘆用思之困神，非虛談也。

夫學業在勤，功庸弗怠，故有錐股自厲，和態以苦之人。志於文也，則申寫鬱滯，故宜從容率情，優柔適會。若銷鑠精膽，蹙迫和氣，秉牘以驅齡，灑翰以伐性，豈聖賢之素心，會文之直理哉！且夫思有利鈍，時有通塞，沐則心覆，且或反常，神之方昏，再三愈黷。是以吐納文藝，務在節宣，清和其心，調暢其氣，煩而即捨，勿使壅滯；意得則舒懷以命筆，理伏則投筆以卷懷，逍遥以針勞，談笑以藥勌，常弄閑於才鋒，賈餘於文勇，使刃發如新，湊理無滯，雖非胎息之邁術，斯亦衛氣之一方也。

贊曰：紛哉萬象，勞矣千想。玄神宜寶，素氣資養。水停以鑒，火靜而朗。無擾文慮，鬱此精爽。

附會第四十三

何謂附會？謂總文理，統首尾，定與奪，合涯際，彌綸一篇，使雜而不越者也。若築室之須基構，裁衣之待縫緝矣。夫才量學文，宜正體製，必以情志爲神明，事義爲骨髓，辭采爲肌膚，宫商爲聲氣，然後品藻玄黄，摛振金玉，獻可替否，以裁厥中：斯綴思之恒數也。凡大體文章，類多枝派，整派者依源，理枝者循幹。是以附辭會義，務總綱領，驅萬塗於同歸，貞百慮於一致。使衆理雖繁，而無倒置之乖，群言雖多，而無棼絲之亂，扶陽而出條，順陰而藏迹，首尾周密，表裏一體，此附會之術也。夫畫者謹髮而易貌，射者儀毫而失墻，鋭精細巧，必疎體統。故宜詘寸以信尺，枉尺以直尋，弃偏善之巧，學具美之績，此命篇之經略也。

夫文變多方，意見浮雜，約則義孤，博則辭叛，率故多尤，需爲事賊。且才分不同，思緒各异，或製首以通尾，或尺接以寸附，然通製者蓋寡，接附者甚衆。若統緒失宗，辭味必亂，義脉不流，則偏枯文體。夫能懸識湊理，然後節文自會，如膠之粘木，豆之合黃矣。是以駟牡异力，而六轡如琴，并駕齊驅，而一轂統輻，馭文之法，有似於此。去留隨心，修短在手，齊其步驟，總轡而已。

故善附者异旨如肝膽，拙會者同音如胡越，改章難於造篇，易字艱於代句，此已然之驗也。昔張湯擬奏而再却，虞松草表而屢譴，并事理之不明，而詞旨之失調也。及倪寬更草，鍾會易字，而漢武嘆奇，晋景稱善者，乃理得而事明，心敏而辭當也。以此而觀，則知附會巧拙，相去遠哉！若夫絕筆斷章，譬乘舟之振楫；會詞切理，如引轡以揮鞭。克終底績，寄深寫遠。若首唱榮華，而媵句憔悴，則遺勢鬱湮，餘風不暢。此《周易》所謂『臀無膚，其行次且』也。惟首尾相援，則附會之體，固亦無以加於此矣。

贊曰：篇統間關，情數稠疊。原始要終，疎條布葉。道味相附，懸緒自接。如樂之和，心聲克協。

總術第四十四

今之常言，有『文』有『筆』，以爲無韻者『筆』也，有韻者『文』也。夫文以足言，理兼《詩》《書》，別目兩名，自近代耳。顔延年以爲：『筆之爲體，言之文也；經典則言而非筆，傳記則筆而非言。』請奪彼矛，還攻其楯矣。何者？《易》之《文言》，豈非言文？若筆不言文，不得云經典非筆矣。將以立論，未見其論立也。予以爲發口爲言，屬筆曰翰，常道曰經，述經曰傳。經傳之體，出言入筆，筆爲言使，可强可弱。分經以典奥爲不刊，非以言筆爲優劣也。昔陸氏《文賦》，號爲曲盡，然泛論纖悉，而實體未該。故知九變之貫匪窮，知言之選難備矣。

凡精慮造文，各競新麗，多欲練辭，莫肯研術。落落之玉，或亂乎石；碌碌之石，時似乎玉。精者要約，匱者亦尠；博者該贍，蕪者亦繁；辯者昭晳，淺者亦露；奧者複隱，詭者亦典。或義華而聲悴，或理拙而文澤。知夫調鐘未易，張琴實難。伶人告和，不必盡窕槬桍之中；動用揮扇，何必窮初終之韻；魏文比篇章於音樂，蓋有徵矣。夫不截盤根，無以驗利器；不剖文奧，無以辨通才。才之能通，必資曉術，自非圓鑒區域，大判條例，豈能控引情源，制勝文苑哉？

是以執術馭篇，似善弈之窮數；弃術任心，如博塞之邀遇。故博塞之文，借巧儻來，雖前驅有功，而後援難繼。少既無以相接，多亦不知所刪，乃多少之并惑，何妍蚩之能制乎？若夫善弈之文，則術有恒數，按部整伍，以待情會，因時順機，動不失正。數逢其極，機入其巧，則義味騰躍而生，辭氣叢雜而至。視之則錦繪，聽之則絲簧，味之則甘腴，佩之則芬芳，斷章之功，於斯盛矣。夫驥足雖駿，纆牽忌長，以萬分一累，且廢千里。況文體多術，共相彌綸，一物携貳，莫不解體。所以列在一篇，備總情變，譬三十之輻，共成一轂，雖未足觀，亦鄙夫之見也。

贊曰：文場筆苑，有術有門。務先大體，鑑必窮源。乘一總萬，舉要治繁。思無定契，理有恒存。

時序第四十五

時運交移，質文代變，古今情理，如可言乎！昔在陶唐，德盛化鈞，野老吐『何力』之談，郊童含『不識』之歌。有虞繼作，政阜民暇，薰風詩於元后，『爛雲』歌於列臣。盡其美者何？乃心樂而聲泰也。至大禹敷土，九序詠功；成湯聖敬，『猗歟』作頌。逮姬文之德盛，《周南》勤而不怨；大王之化淳，《邠風》樂而不淫；幽厲昏而《板》《蕩》怒，平王微而《黍離》哀。故知歌謠文理，與世推移，風動於上，而波震於下者。春秋以後，角戰英雄，六經泥蟠，百家飇駭。方是時也，韓魏力政，燕趙任權，五蠹六虱，嚴於秦令；唯齊楚兩國，頗有文學。齊開莊衢之第，楚廣蘭臺之宮，孟軻賓館，荀卿宰邑，故稷下扇其清風，蘭陵鬱其茂俗，鄒子以談天飛譽，騶奭以雕龍馳響，屈平聯藻於日月，宋玉交彩於風雲。觀其艷説，則籠罩《雅》、《頌》，故知暐燁之奇意，出乎縱横之詭俗也。

爰至有漢，運接燔書，高祖尚武，戲儒簡學。雖禮律草創，《詩》、《書》未遑，然《大風》、《鴻鵠》之歌，亦天縱之英作也。施及孝惠，迄於文景，經術頗興，而辭人勿用，賈誼抑而鄒枚沈，亦可知已。逮孝武崇儒，潤色鴻業，禮樂争輝，辭藻競騖：柏梁展朝讌之詩，金堤製恤民之詠，徵枚乘以蒲輪，申主父以鼎食，擢公孫之對策，嘆兒寬之擬奏，買臣負薪而衣錦，相如滌器而被綉；於是史遷壽王之徒，嚴終枚皋之屬，應對固無方，篇章亦不匱，遺風餘采，莫與比盛。越昭及宣，實繼武績，馳騁石渠，暇豫文會，集雕篆之軼材，發綺縠之高喻，於是王褒之倫，底禄待詔。自元暨成，降意圖籍，美玉屑之譚，清金馬之路，子雲鋭思於千首，子政讎校於六藝，亦已美矣。爰自漢室，迄至成哀，雖世漸百齡，辭人九變，而大抵所歸，祖述《楚辭》，靈均餘影，於是乎在。

自哀平陵替，光武中興，深懷圖讖，頗略文華，然杜篤獻誄以免刑，班彪參奏以補令，雖非旁求，亦不遐棄。及明帝疊耀，崇愛儒術，肄禮璧堂，講文虎觀，孟堅珥筆於國史，賈逵給札於瑞頌，東平擅其懿文，沛王振其通論，帝則藩儀，輝光相照矣。自安和已下，迄至順桓，則有班傅三崔，王馬張蔡，磊落鴻儒，才不時乏，而文章之選，存而不論。然中興之後，群才稍改前轍，華實所附，斟酌經辭，蓋歷政講聚，故漸靡儒風者也。降及靈帝，時好辭製，造羲皇之書，開鴻都之賦，而樂松之徒，招集淺陋，故楊賜號爲驩兜，蔡邕比之俳優，其餘風遺文，蓋蔑如也。

自獻帝播遷，文學蓬轉，建安之末，區宇方輯。魏武以相王之尊，雅愛詩章；文帝以副君之重，妙善辭賦；陳思以公子之豪，下筆琳瑯：并體貌英逸，故俊才雲蒸。仲宣委質於漢南，孔璋歸命於河北，偉長從宦於青土，公幹徇質於海隅，德璉綜其斐然之思，元瑜展其翩翩之樂；文蔚、休伯之儔，于叔、德祖之侶，傲雅觴豆之前，雍容衽席之上，灑筆以成酣歌，和墨以藉談笑。觀其時文，雅好慷慨，良由世積亂離，風衰俗怨，并志深而筆長，故梗概而多氣也。至明帝纂戎，制詩度曲，徵篇章之士，置崇文之觀，何劉群才，迭相照耀。少主相仍，唯高貴英雅，顧盼合章，動言成論。於時正始餘風，篇體輕澹，而嵇阮應繆，并馳文路矣。

逮晉宣始基，景文克構，并迹沈儒雅，而務深方術。至武帝惟新，承平受命，而膠序篇章，弗簡皇慮。降及懷愍，綴旒而已。然晉雖不文，人才實盛：茂先搖筆而散珠，太冲動墨而横錦，岳湛曜聯璧之華，機雲標二俊之采，應傅三張之徒，孫摯成公之屬，并結藻清英，流韻綺靡。前史以爲運涉季世，人未盡才，誠哉斯談，可爲嘆息！

元皇中興，披文建學，劉刁禮吏而寵榮，景純文敏而優擢。逮明帝秉哲，雅好文會，升儲御極，孳孳講蓺，練情於誥策，振采於辭賦，庾以筆才逾親，温以文思益厚，揄揚風流，亦彼時之漢武也。及成康促齡，穆哀短祚，簡文勃興，淵乎清峻，微言精理，函滿玄席，澹思濃采，時灑文囿。至孝武不嗣，安恭已矣。其文史則有袁殷之曹，孫干之輩，雖才或淺深，珪璋足用。自中朝貴玄，江左稱盛，因談餘氣，流成文體。是以世極迍邅，而辭意夷泰，詩必柱下之旨歸，賦乃漆園之義疏。故知文變染乎世情，興廢繫乎時序，原始以要終，雖百世可知也。

自宋武愛文，文帝彬雅，秉文之德，孝武多才，英采雲搆。自明帝以下，文理替矣。爾其縉紳之林，霞蔚而飇起；王袁聯宗以龍章，顏謝重葉以鳳采，何范張沈之徒，亦不可勝也。蓋聞之於世，故略舉大較。

暨皇齊馭寶，運集休明：太祖以聖武膺籙，高祖以睿文纂業，文帝以貳離含章，中宗以上哲興運，并文明自天，緝遐景祚。今聖歷方興，文思光被，海岳降神，才英秀發，馭飛龍於天衢，駕騏驥於萬里，經典禮章，跨周轢漢，唐虞之文，其鼎盛乎！鴻風懿采，短筆敢陳；颺言讚時，請寄明哲。

贊曰：蔚映十代，辭采九變。樞中所動，環流無倦。質文沿時，崇替在選。終古雖遠，曠焉如面。

物色第四十六

春秋代序，陰陽慘舒，物色之動，心亦揺焉。蓋陽氣萌而玄駒步，陰律凝而丹鳥羞，微蟲猶或入感，四時之動物深矣。若夫珪璋挺其惠心，英華秀其清氣，物色相召，人誰獲安？是以獻歲發春，悦豫之情暢；滔滔孟夏，鬱陶之心凝；天高氣清，陰沈之志遠；霰雪無垠，矜肅之慮深。歲有其物，物有其容；情以物遷，辭以情發。一葉且或迎意，蟲聲有足引心。况清風與明月同夜，白日與春林共朝哉！

是以詩人感物，聯類不窮。流連萬象之際，沈吟視聽之區；寫氣圖貌，既隨物以宛轉；屬采附聲，亦與心而徘徊。故『灼灼』狀桃花之鮮，『依依』盡楊柳之貌，『杲杲』爲出日之容，『瀌瀌』擬雨雪之狀，『喈喈』逐黄鳥之聲，『喓喓』學草蟲之韻。『皎日』、『嘒星』，一言窮理；『參差』、『沃若』，兩字窮形：并以少總多，情貌無遺矣。雖復思經千載，將何易奪？及《離騷》代興，觸類而長，物貌難盡，故重沓舒狀，於是嵯峨之類聚，葳蕤之群積矣。及長卿之徒，詭勢瓌聲，模山範水，字必魚貫，所謂詩人麗則而約言，辭人麗淫而繁句也。

至如《雅》詠棠華，『或黄或白』；《騷》述秋蘭，『緑葉』、『紫莖』。凡摛表五色，貴在時見，若青黄屢出，則繁而不珍。

自近代以來，文貴形似，窺情風景之上，鑽貌草木之中。吟詠所發，志惟深遠；體物爲妙，功在密附。故巧言切狀，如印之印泥，不加雕削，而曲寫毫芥。故能瞻言而見貌，印字而知時也。然物有恒姿，而思無定檢，或率爾造極，或精思愈疎。且《詩》、《騷》所標，并據要害，故後進鋭筆，怯於争鋒。莫不因方以借巧，即勢以會奇，善於適要，則雖舊彌新矣。是以四序紛迴，而入興貴閑；物色雖繁，而析辭尚簡；使味飄飄而輕舉，情曄曄而更新。古來辭人，异代接武，莫不參伍以相變，因革以爲功，物色盡而情有餘者，曉會通也。若乃山林皋壤，實文思之奥府，略語則闕，詳説則繁。然則屈平所以能洞監《風》、《騷》之情者，抑亦江山之助乎！

贊曰：山沓水匝，樹雜雲合。目既往還，心亦吐納。春日遲遲，秋風颯颯。情往似贈，興來如答。

才略第四十七

九代之文，富矣盛矣；其辭令華采，可略而詳也。虞、夏文章，則有皋陶六德，夔序八音，益則有贊，五子作歌，辭義温雅，萬代之儀表也。商周之世，則仲虺垂誥，伊尹敷訓，吉甫之徒，并述《詩》、《頌》，義固爲經，文亦師矣。及乎春秋大夫，則修辭聘會，磊落如琅玕之圃，焜耀似縟錦之肆，薳敖擇楚國之令典，隨會講晋國之禮法，趙衰以文勝從饗，國僑以修辭扞鄭，子太叔美秀而文，公孫揮善於辭令，皆文名之標者也。戰代任武，而文士不絶：諸子以道術取資，屈宋以《楚辭》發采，樂毅報書辨以義，范雎上書密而至，蘇秦歷説壯而中，李斯自奏麗而動，若在文世，則揚班儔矣。荀况學宗，而象物名賦，文質相稱，固巨儒之情也。

漢室陸賈，首案奇采，賦《孟春》而選典誥，其辯之富矣。賈誼才穎，陵軼飛免，議惬而賦清，豈虛至哉！枚乘之《七發》，鄒陽之《上書》，膏潤於筆，氣形於言矣。仲舒專儒，子長純史，而麗縟成文，亦詩人之告哀焉。相如好書，師範屈宋，洞入夸艷，致名辭宗。然覆取精意，理不勝辭，故揚子以爲『文麗用寡者長卿』，誠哉是言也！王褒構采，以密巧爲致，附聲測貌，冷然可觀。子雲屬意，辭人最深，觀其涯度幽遠，搜選詭麗，而竭才以鑽思，故能理贍而辭堅矣。桓譚著論，富號猗頓，宋弘稱薦，爰比相如，而《集靈》諸賦，偏淺無才，故知長於諷論，不及麗文也。敬通雅好辭説，而坎壈盛世，《顯志》自序，亦蚌病成珠矣。二班兩劉，弈葉繼采，舊説以爲固文優彪，歆學精向，然《王命》清辯，

《新序》該練，璿璧産於崐岡，亦難得而踰本矣。傅毅、崔駰，光采比肩，瑗寔踵武，能世厥風者矣。杜篤、賈逵，亦有聲於文，迹其爲才，崔、傅之末流也。李尤賦銘，志慕鴻裁，而才力沈膇，垂翼不飛。馬融鴻儒，思洽識高，吐納經範，華實相扶。王逸博識有功，而絢采無力；延壽繼志，瓌穎獨標，其善圖物寫貌，豈枚乘之遺術歟？張衡通贍，蔡邕精雅，文史彬彬，隔世相望。是則竹柏异心而同貞，金玉殊質而皆寶也。劉向之奏議，旨切而調緩；趙壹之辭賦，意繁而體疎；孔融氣盛於爲筆，禰衡思鋭於爲文，有偏美焉。潘勖憑經以騁才，故絶群於錫命；王朗發憤以託志，亦致美於序銘。然自卿、淵已前，多俊才而不課學；雄向以後，頗引書以助文：此取與之大際，其分不可亂者也。

魏文之才，洋洋清綺，舊談抑之，謂去植千里，然子建思捷而才俊，詩麗而表逸；子桓慮詳而力緩，故不競於先鳴；而樂府清越，典論辯要，迭用短長，亦無懵焉。但俗情抑揚，雷同一響，遂令文帝以位尊減才，思王以勢窘益價，未爲篤論也。仲宣溢才，捷而能密，文多兼善，辭少瑕累，摘其詩賦，則七子之冠冕乎！琳瑀以符檄擅聲，徐幹以賦論標美，劉楨情高以會采，應瑒學優以得文，路粹、楊修頗懷筆記之工，丁儀、邯鄲亦含論述之美，有足算焉。劉劭《趙都》，能攀於前修；何晏《景福》，克光於後進；休璉風情，則《百壹》標其志；吉甫文理，則《臨丹》成其采；嵇康師心以遣論，阮籍使氣以命詩：殊聲而合響，异翮而同飛。

張華短章，弈弈清暢，其《鷦鷯》寓意，即韓非之《説難》也。左思奇才，業深覃思，盡鋭於《三都》，拔萃於《詠史》，無遺力矣。潘岳敏給，辭自和暢，鍾美於《西征》，賈餘於哀誄，非自外也。陸機才欲窺深，辭務索廣，故思能入巧而不制繁。士龍朗練，以識檢亂，故能布采鮮净，敏於短篇。孫楚綴思，每直置以疎通；摯虞述懷，必循規以温雅：其品藻『流別』，有條理焉。傅玄篇章，義多規鏡；長虞筆奏，世執剛中：并楨幹之實才，非群華之韡萼也。成公子安選賦而時美，夏侯孝若具體而皆微，曹攄清靡於長篇，季鷹辨切於短韻，各其善也。孟陽、景陽，才綺而相埒，可謂魯衛之政，兄弟之文也。劉琨雅壯而多風，盧諶情發而理昭，亦遇之於時勢也。

景純艷逸，足冠中興，《郊賦》既穆穆以大觀，《仙詩》亦飄飄而淩雲矣。庾元規之表奏，靡密以閑暢；温太真之筆記，循理而清通：亦筆端之良工也。孫盛、干寶，文勝爲史，準的所擬，志乎典訓，户牖雖异，而筆彩略同。袁宏發軫以高驤，故卓出而多偏；孫綽規旋以矩步，故倫序而寡狀；殷仲文之孤興，謝叔源之閑情，并解散辭體，縹渺浮音，雖滔滔風流，而大澆文意。

宋代逸才，辭翰鱗萃，世近易明，無勞甄序。觀夫後漢才林，可參西京；晋世文苑，足儷鄴都；然而魏時話言，必以元封爲稱首；宋來美談，亦以建安爲口實。何也？豈非崇文之盛世，招才之嘉會哉？嗟夫，此古人所以貴乎時也！

贊曰：才難然乎，性各异稟。一朝綜文，千年凝錦。餘采徘徊，遺風籍甚。無曰紛雜，皎然可品。

知音第四十八

知音其難哉！音實難知，知實難逢，逢其知音，千載其一乎！夫古來知音，多賤同而思古，所謂『日進前而不御，遥聞聲而相思』也。昔《儲説》始出，《子虚》初成，秦皇漢武，恨不同時；既同時矣，則韓囚而馬輕，豈不明鑒同時之賤哉！至於班固、傅毅，文在伯仲，而固嗤毅云『下筆不能自休』。及陳思論才，亦深排孔璋，敬禮請潤色，嘆以爲美談；季緒好詆訶，方之於田巴，意亦見矣。故魏文稱『文人相輕』，非虚談也。至如君卿唇舌，而謬欲論文，乃稱『史遷著書，諮東方朔』，於是桓譚之徒，相顧嗤笑，彼實博徒，輕言負誚，況乎文士，可妄談哉！故鑒照洞明，而貴古賤今者，二主是也；才實鴻懿，而崇己抑人者，班、曹是也；學不逮文，而信僞迷真者，樓護是也：醬瓿之議，豈多嘆哉！

夫麟鳳與麏雉懸絶，珠玉與礫石超殊，白日垂其照，青眸寫其形。然魯臣以麟爲麏，楚人以雉爲鳳，魏氏以夜光爲怪石，宋客以燕礫爲寶珠。形器易徵，謬乃若是；文情難鑒，誰曰易分。

夫篇章雜沓，質文交加，知多偏好，人莫圓該。慷慨者逆聲而擊節，醞藉者見密而高蹈，浮慧者觀綺而躍心，愛奇者聞詭而驚聽。會己則嗟諷，异我則沮弃，各執一隅之解，欲擬萬端之變。所謂『東向而望，不見西墻』也。

凡操千曲而後曉聲，觀千劍而後識器；故圓照之象，務先博觀。閱喬岳以形培塿，酌滄波以喻畎澮，無私於輕重，不偏於憎愛，然後能平理若衡，照辭如鏡矣。是以將閱文情，先標六觀：一觀位體，二觀置辭，三觀通變，四觀奇正，五觀事義，六觀宮商。斯術既行，則優劣見矣。

夫綴文者情動而辭發，觀文者披文以入情，沿波討源，雖幽必顯。世遠莫見其面，覘文輒見其心。豈成篇之足深，患識照之自淺耳。夫志在山水，琴表其情，況形之筆端，理將焉匿？故心之照理，譬目之照形，目瞭則形無不分，心敏則理無不達。然而俗監之迷者，深廢淺售，此莊周所以笑《折楊》，宋玉所以傷《白雪》也。昔屈平有言：『文質疏內，衆不知余之异采。』見异唯知音耳。揚雄自稱『心好沈博絶麗之文』，其事浮淺，亦可知矣。夫唯深識鑒奥，必歡然内懌，譬春臺之熙衆人，樂餌之止過客。蓋聞蘭爲國香，服媚彌芬；書亦國華，玩澤方美；

知音君子，其垂意焉。

贊曰：洪鍾萬鈞，夔曠所定。良書盈篋，妙鑒乃訂。流鄭淫人，無或失聽。獨有此律，不謬蹊徑。

程器第四十九

《周書》論士，方之梓材，蓋貴器用而兼文采也。是以樸斲成而丹雘施，垣墉立而雕杇附。而近代詞人，務華弃實，故魏文以爲『古今文人之類不護細行』，韋誕所評，又歷詆群才；後人雷同，混之一貫，吁可悲矣！

略觀文士之疵：相如竊妻而受金，揚雄嗜酒而少算；敬通之不循廉隅，杜篤之請求無厭；班固諂竇以作威，馬融黨梁而黷貨；文舉傲誕以速誅，正平狂憨以致戮；仲宣輕脆以躁競，孔璋傯恫以粗疎；丁儀貪婪以乞貨，路粹餔啜而無耻；潘岳詭譸於愍懷，陸機傾仄於賈郭；傅玄剛隘而詈臺，孫楚狠愎而訟府。諸有此類，并文士之瑕累。文既有之，武亦宜然。古之將相，疵咎實多：至如管仲之盜竊，吳起之貪淫，陳平之污點，絳灌之讒嫉，沿茲以下，不可勝數。孔光負衡據鼎，而仄媚董賢；況班馬之賤職，潘岳之下位哉？王戎開國上秩，而鬻官囂俗；況馬杜之磬懸，丁路之貧薄哉？然子夏無虧於名儒，濬沖不塵乎竹林者，名崇而譏減也。若夫屈賈之忠貞，鄒枚之機覺，黃香之淳孝，徐幹之沈默，豈曰文士，必其玷歟？

蓋人稟五材，修短殊用，自非上哲，難以求備。然將相以位隆特達，文士以職卑多誚，此江河所以騰涌，涓流所以寸折者也。名之抑揚，既其然矣；位之通塞，亦有以焉。蓋士之登庸，以成務爲用。魯之敬姜，婦人之聰明耳，然推其機綜，以方治國；安有丈夫學文，而不達於政事哉？彼揚馬之徒，有文無質，所以終乎下位也。昔庾元規才華清英，勛庸有聲，故文藝不稱；若非台岳，則正以文才也。文武之術，左右惟宜。郤縠敦書，故舉爲元帥，豈以好文而不練武哉？孫武《兵經》，辭如珠玉，豈以習武而不曉文也？

是以君子藏器，待時而動，發揮事業，固宜蓄素以弸中，散采以彪外，楩柟其質，豫章其幹；摛文必在緯軍國，負重必在任棟梁，窮則獨善以垂文，達則奉時以騁績，若此文人，應《梓材》之士矣。

贊曰：瞻彼前修，有懿文德。聲昭楚南，采動梁北。雕而不器，貞幹誰則。豈無華身，亦有光國。

序志第五十

夫『文心』者，言爲文之用心也。昔涓子《琴心》，王孫《巧心》，心哉美矣，故用之焉。古來文章，以雕縟成體，豈取騶奭之群言雕龍也。夫宇宙綿邈，黎獻紛雜，拔萃出類，智術而已。歲月飄忽，性靈不居，騰聲飛實，制作而已。夫有肖貌天地，稟性五才，擬耳目於日月，方聲氣乎風雷，其超出萬物，亦已靈矣。形同草木之脆，名踰金石之堅，是以君子處世，樹德建言，豈好辯哉？不得已也！

予生七齡，乃夢彩雲若錦，則攀而採之。齒在踰立，則嘗夜夢執丹漆之禮器，隨仲尼而南行。旦而寤，乃怡然而喜，大哉聖人之難見哉，乃小子之垂夢歟！自生人以來，未有如夫子者也。敷讚聖旨，莫若注經，而馬鄭諸儒，弘之已精，就有深解，未足立家。唯文章之用，實經典枝條，五禮資之以成，六典因之致用，君臣所以炳煥，軍國所以昭明，詳其本源，莫非經典。而去聖久遠，文體解散，辭人愛奇，言貴浮詭，飾羽尚畫，文繡鞶帨，離本彌甚，將遂訛濫。蓋《周書》論辭，貴乎體要；尼父陳訓，惡乎异端：辭訓之异，宜體於要。於是搦筆和墨，乃始論文。

詳觀近代之論文者多矣：至於魏文述典，陳思序書，應瑒文論，陸機《文賦》，仲洽《流別》，宏範《翰林》，各照隅隙，鮮觀衢路；或臧否當時之才，或銓品前修之文，或泛舉雅俗之旨，或撮題篇章之意。魏典密而不周，陳書辯而無當，應論華而疏略，陸賦巧而碎亂，流別精而少巧，翰林淺而寡要。又君山、公幹之徒，吉甫、士龍之輩，泛議文意，往往間出，并未能振葉以尋根，觀瀾而索源。不述先哲之誥，無益後生之慮。

蓋《文心》之作也，本乎道，師乎聖，體乎經，酌乎緯，變乎騷，文之樞紐，亦云極矣。若乃論文叙筆，則囿別區分，原始以表末，釋名以章義，選文以定篇，敷理以舉統，上篇以上，綱領明矣。至於割情析采，籠圈條貫，摛《神》、《性》，圖《風》、《勢》，苞《會》、《通》，閲《聲》、《字》，崇替於《時序》，褒貶於《才略》，怊悵於《知音》，耿介於《程器》，長懷《序志》，以馭群篇，下篇以下，毛目顯矣。位理定名，彰乎大易之數，其爲文用，四十九篇而已。

夫銓序一文爲易，彌綸群言爲難，雖復輕采毛髮，深極骨髓，或有曲意密源，似近而遠，辭所不載，亦不勝數矣。及其品列成文，有同乎舊談者，非雷同也，勢自不可异也；有异乎前論者，非苟异也，理自不可同也。同之與异，不屑古今，擘肌分理，唯務折衷。按轡文雅之場，環絡藻繪之府，亦幾乎備矣。但言不盡意，聖人所難，識在瓶管，何能矩矱。茫茫往代，既沈予聞；眇眇來世，倘塵彼觀也。

贊曰：生也有涯，無涯惟智。逐物實難，憑性良易。傲岸泉石，咀嚼文義。文果載心，余心有寄！